Deseo

Lo mejor de su vida

MARY LYNN BAXTER

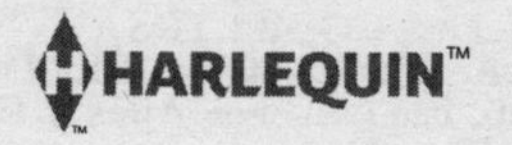

Editado por HARLEQUIN IBÉRICA, S.A.
Núñez de Balboa, 56
28001 Madrid

LO MEJOR DE SU VIDA, N.º 1949 - 20.11.13
Título original: To Claim His Own
Publicada originalmente por Silhouette® Books.
Este título fue publicado originalmente en español en 2006

I.S.B.N.: 978-84-687-3618-1
Depósito legal: M-24141-2013
Editor responsable: Luis Pugni
Fotomecánica: M.T. Color & Diseño, S.L. Las Rozas (Madrid)
Impresión en Black print CPI (Barcelona)
Fecha impresion para Argentina: 19.5.14
Distribuidor exclusivo para España: LOGISTA
Distribuidor para México: CODIPLYRSA
Distribuidores para Argentina: interior, BERTRAN, S.A.C. Vélez Sársfield, 1950. Cap. Fed./ Buenos Aires y Gran Buenos Aires, VACCARO SÁNCHEZ y Cía, S.A.

Capítulo Uno

Calhoun Webster se quedó con la boca abierta durante un segundo y luego la cerró de golpe.

Su abogado y amigo, Hammond Kyle, mostró una semblanza de sonrisa.

–Entiendo que te hayas quedado sin habla. En estas circunstancias, a mí me pasaría igual.

–¿Me estás tomando el pelo, Kyle? Porque si es así, te advierto que no tiene ninguna gracia.

–Tranquilo, Cal. Yo no bromearía sobre algo tan serio –Hammond se pasó una mano por el pelo gris–. Como te he dicho, tienes un hijo. Un niño, para ser exactos.

Cal sintió que se quedaba sin aire. Desde que estuvo en Colombia se cansaba más de lo normal.

–¿Puedo sentarme?

–Sí, estaba a punto de pedírtelo –sonrió el abogado–. No quiero que te desmayes.

Cal lo miró como mandándolo al infierno antes de dejarse caer sobre una de las sillas frente al enorme escritorio de caoba. Le pasaban un millón de preguntas por la cabeza, pero no parecía capaz de procesarlas y mucho menos organizarlas inteligentemente.

¿Tenía un hijo?

Imposible.

No podía ser.

No, no, imposible.

Un error, tenía que ser un error.

Este pensamiento lo animó un poco y, estirándose en la silla, miró a su amigo.

–Tiene que ser un error.

–No, tú sabes que no.

–Pero Connie ha muerto –replicó Cal–. Eso me dijeron, al menos.

Hammond le devolvió una mirada de exasperación.

–Tu exmujer estaba embarazada cuando te dejó, pero decidió mantenerlo en secreto. No eres el primero al que le pasa algo así.

Cal apretó los brazos de la silla con tanta fuerza que sus nudillos se volvieron blancos.

–Qué zorra –murmuró.

–Eso lo sabías cuando te casaste con ella –señaló Hammond.

–Sí, tienes razón, lo sabía. Pero no entiendo por qué no me dijo lo del niño...

–Los dos sabíamos que Connie era una indeseable. Especialmente tú.

–Sí. Y aun así me casé con ella.

–Bueno, al menos no te enteraste de su muerte y de la existencia del niño al mismo tiempo. Si eso te consuela, claro.

Cal asintió con la cabeza.

–¿Con quién estaba cuando murió? Sé que no estaba sola.

–Después de dejarte se fue a vivir con un motero. Los dos murieron en un accidente.

–¿Estaban casados?

–No que yo sepa –respondió Hammond–. Pero dicen que vivían juntos.

–Entonces, ¿cómo sabemos que el niño es mío?

–Porque lo registró con tu apellido –contestó el abogado–. Aquí tengo una copia.

Después de echarle un vistazo a la partida de nacimiento, Cal se acercó a la ventana y se quedó mirando hacia fuera, pensativo.

Había estado más de un ano sin poder hacer algo tan sencillo como colocarse delante de una ventana y no temer por su vida. Trabajar para el gobierno como agente clandestino lo había obligado a vivir en los bajos de la sociedad, en la oscuridad y la suciedad del mundo de la droga.

Antes de trabajar para el gobierno, Cal se veía a sí mismo como un hombre normal, quizá un poco más desenfrenado y más obstinado que muchos, pero normal. Entonces se casó con Connie Jenkins e inmediatamente empezó a cuestionarse esa supuesta normalidad. Porque había cometido el mayor error de su vida.

Ahora, gracias a Dios, era libre para empezar de nuevo, para volver a ser una persona normal con una vida normal. Pero bajo esa supuesta tranquilidad, había un gran miedo. Desde que convivió con la peor basura de la tierra no estaba seguro de quién era o cuál era su sitio. Quizá él mismo se había convertido en basura. Solo el tiempo lo diría.

Una cosa que sí sabía era que nunca volvería a ese mundo oscuro…

Cal hizo una mueca al recordar la noticia que Hammond acababa de darle.

Si aquel niño era suyo, aunque aún no estaba dispuesto a aceptarlo, él no estaba preparado para ser padre. Pero si al final era cierto, tendría que aprender a serlo.

Él podía ser un bastardo en muchos sentidos, pero nunca había escurrido el bulto y no pensaba hacerlo ahora.

–Cal, ¿me estás escuchando?

Él se volvió para mirar a su amigo.

–Estoy intentando procesar la noticia.

–Puedes pedir una prueba de ADN, por supuesto. Probablemente deberías hacerlo. Estás en tu derecho, ya que ella vivió con otro hombre.

–Y también podría olvidar que existe un niño. Es otra opción, ¿no?

Hammond se encogió de hombros.

–Es decisión tuya, por supuesto.

–Pero tú sabes que yo no haría eso. Si mi nombre está en la partida de nacimiento es que es mi hijo y estoy dispuesto a aceptar mi responsabilidad.

–Eso no me sorprende. Tú no eres de los que hacen las cosas a medias. Y me parece muy bien –Hammond se levantó para servirse un café y le hizo un gesto con la mano–. ¿Quieres?

–No, gracias.

–Pero quizá esta es una situación especial. Quizá deberías empezar otra vez y olvidarte del niño. No sería lo peor que pudiera pasar.

–Para mí sí –dijo Cal.

–Siento haber tenido que darte esta noticia cuando solo llevas dos días en la ciudad. Pero prefería contártelo yo antes de que lo supieras por otro. Ya sabes cómo es esta ciudad. Tyler, Texas, no es tan grande como para que la gente se meta solo en sus asuntos.

–No te disculpes. Has hecho lo que tenías que hacer. Además, sé que puedo confiar en ti.

–Puede confiar en mucha gente, Cal –el tono de Hammond era solemne, pero con un guiño de simpatía–. Tus amigos están encantados de que hayas vuelto a la civilización.

–Lo sé. Pero voy a tardar algún tiempo en convencerme a mí mismo de eso.

–Ya sé que no puedes hablar de lo que has hecho o dónde estabas siquiera, pero... ¿tan malo ha sido?

–Peor –contestó él.

–Bueno, pero ya ha terminado.

–Si el puesto en la empresa de seguridad sale adelante –respondió Cal–. Entonces todo irá bien.

–Pensé que ya habías firmado el contrato.

–Me han ofrecido el puesto, pero aún no he dicho que sí. Tengo seis semanas para darles una respuesta.

Hammond lo miró, pensativo.

–Incluso antes de contarte lo del niño me ha dado la impresión de que no lo tenías claro.

–Tendría que salir del país… aunque esta vez es un país seguro.

–¿Entonces?

–No sé. Quizá me apetece quedarme por aquí algún tiempo.

–O sea, que has estado fuera de Estados Unidos.

–Yo no he dicho eso –sonrió Cal.

–Sí, sí, bueno, ya sé que tu trabajo es secreto y todo eso.

–Y todo eso. Así que deja de interrogarme.

El abogado sonrió.

–Solo es curiosidad.

–Es algo de lo que no puedo hablar y tú lo sabes.

–Seguro que eres muy bueno en tu trabajo… sea el que sea. Siempre has tenido fama de tipo duro.

–Supongo que eso te lo habrá dicho mi exsuegro –bromeó Cal.

Pero cuando Hammond no sonrió una campanita de alarma empezó a sonar en su cabeza.

–Qué curioso que digas eso.

–¿Has estado en contacto con Patrick Jenkins?

–No –contestó el abogado.

–Pero sabes algo de él.

–Sí.

–Tiene al niño –dijo Cal entonces.

–En realidad es su hija, Emma, quien está a cargo del niño.

Cal soltó una retahíla de maldiciones.

–Sabía que eso no iba a gustarte.

–Ese hombre me odia. Y su hija también. Estoy seguro, aunque nunca he tenido el placer de conocerla.

No quería saber nada de la familia de su exmujer pero, por lo visto, no iba a tener más remedio que ponerse en contacto con ellos.

–Supongo que tú tampoco estás en su lista de favoritos. Pero creo que eso ya lo sabes.

Cal se pasó una mano por el cuello, los músculos tan tensos como cuerdas de guitarra, una sensación que no había querido volver a experimentar.

–Me da igual lo que piensen de mí. Pero...

–Ahora tienen algo que es tuyo.

–Exactamente.

–Me alegro de que digas eso, Cal –sonrió Hammond–. A pesar de lo que he dicho antes, temía que al saber lo del niño le dieras la espalda.

–Probablemente debería hacerlo.

–Nadie te obliga. Yo, desde luego, no. Y estoy seguro de que Logan...

–Logan. Así que se llama así.

–Sí, se llama así. Quizá es el destino, pero me encontré con Jenkins el otro día.. iba con el niño.

–¿Se parece a mí? –preguntó Cal, intentando controlar las emociones que lo agitaban.

«Maldita seas, Connie», pensó, sin remordimiento alguno por maldecir a una persona muerta. Podía ser muchas cosas, pero no era un hipócrita. Él siempre llamaba a las cosas por su nombre y se tiraba a la yugular cuando era necesario. Era por eso por lo que el gobierno lo había contratado para infiltrarse en uno de los cárteles de la droga más peligrosos.

Pero ese período de su vida había terminado, se recordó a sí mismo. De modo que tenía que buscar un sitio en la sociedad, incluso en la familia de su ex, especialmente ahora que tenían algo suyo. Sin embargo, tener que relacionarse con Patrick Jenkins y su hija hacía que le subiera la tensión.

–No es fácil saber a quién se parece un niño –dijo Hammond por fin–. Ahora que sabes dónde está Logan, ¿qué piensas hacer?

–No lo sé.

–No puedes aparecer en su casa así como así.

–¿Por qué no?

Hammond puso los ojos en blanco.

–No pienso contestar a una pregunta tan absurda.

–La hermana no me ha visto nunca.

–¿Eso quiere decir que vas a empezar por ella?

Cal se encogió de hombros.

–Posiblemente. Pero tengo mucho que digerir antes de tomar una decisión.

–Y yo estoy aquí para aconsejarte sobre la parte legal del asunto.

–Gracias. Ya me imagino que no va a ser fácil.

–Desde luego que no. Cuando vi a Jenkins me pareció muy encariñado con el niño. No creo que vaya a soltarlo sin pelear. Y supongo que la hija siente lo mismo.

–¿Qué sabes de ella, además de su nombre?

–Es la propietaria de un vivero que abastece de plantas a las «obras de arte» de su padre.

Cal hizo un gesto de desdén.

–O sea, que Jenkins sigue en el negocio de la construcción.

–Sí, y ganando una fortuna, además.

–Eso era parte del problema. Connie era una princesita que había nacido entre algodones.

–Aparentemente, Emma no es así. Pero, ¿quién sabe? Yo no, desde luego. Solo sé lo que cuentan por ahí.

–No me gusta nada esa gente. Si fuera por mí, no volvería a verlos nunca.

–Siento que tengas que meterte en el avispero, Cal.

Él se encogió de hombros.

–Uno tiene que hacer lo que tiene que hacer –dijo, estrechando su mano.

–Llámame cuando quieras.

–Lo haré.

–Mientras tanto, tómatelo con calma. Acostúmbrate otra vez a la gente decente.

–Sí, claro –murmuró Cal, mientras se dirigía a la puerta.

Una vez en su camioneta golpeó el volante con la mano, frustrado, antes de arrancar.

¿Qué demonios iba a hacer? Quería ver a su hijo, pero... La responsabilidad de tener un hijo era abrumadora, especialmente en aquel momento. Después de lo que había pasado, no estaba para cuidar de un niño. Porque cada vez que cerraba los ojos veía el cañón de una pistola apuntando a su sien y a alguien riéndose mientras jugaba a la ruleta rusa con su vida.

De repente, Cal sintió que lo recorría un sudor frío. Si no estuviera conduciendo, habría vomitado. Pero encontró fuerzas para seguir adelante.

Sí, la vida le había dado otro golpe... pero podría soportarlo. Si Connie había tenido un hijo y el niño era suyo, nadie le impediría verlo. Lo demás... en fin, para lo demás habría que esperar.

Lo primero era trazar un plan. Y eso era algo que se le daba bien. Los Jenkins no sabían lo que los esperaba. Él nunca se había echado atrás ante un reto y no pensaba hacerlo ahora.

Por primera vez desde que volvió a la civilización, tenía un propósito en la vida.

Y eso lo hacía sentirse bien consigo mismo.

Capítulo Dos

Qué precioso día de primavera.

Emma se detuvo para mirar el cielo azul de Texas sin una sola nube. No podría haber pedido un tiempo mejor, especialmente una persona que se ganaba la vida trabajando al aire libre, con plantas. Aunque, sinceramente, ella rara vez hacía trabajo manual. Era la propietaria del vivero y la parte administrativa la mantenía atada al despacho.

Pero había días, como aquél, en los que tenía oportunidad de pasear por sus dominios y oler las rosas, por así decir, disfrutando de lo que había conseguido en la vida.

Por supuesto, su padre tenía mucho que ver con el éxito del vivero. Él le había dado el capital para empezar, un capital que ya le había devuelto. Pero había sido su trabajo, su dedicación lo que hizo que el vivero funcionase. Cuando algo era importante para ella, no cejaba hasta que lo conseguía.

«Eres más terca que una mula», solía decirle su padre. Aunque sabía que admiraba su tenacidad porque él era de la misma forma.

Pensando en su padre, Patrick, Emma tuvo que sonreír. Aunque ella nunca fue la hija favorita porque Connie había tenido ese honor, al menos siempre había tenido su respeto.

Su padre había ganado millones en el negocio de la construcción y le faltaban tres años para retirarse, pero no pensaba hacerlo. No quería ni hablar de ello. La palabra jubilación no estaba en su vocabulario. El trabajo y su nieto eran las dos cosas por las que Patrick Jenkins vivía.

Pensar en Logan también la hizo sonreír. El niño era el amor de su vida.

Seguía soltera a los treinta y cinco años y no veía razón para cambiar de estado civil, especialmente ahora, siendo tutora del hijo de su hermana. En fin, había habido algunos hombres en su vida, incluso uno especial con el que se habría casado si las circunstancias hubieran sido diferentes. Pero no lo fueron y no había ni pena ni remordimiento.

Aunque nunca tuviera más que su trabajo y el hijo de su hermana, sería feliz.

Sí, le gustaba su vida y no veía razón alguna para cambiarla.

–Hola, nena. ¿Qué tal va la mañana?

Emma se volvió con una sonrisa en los labios al oír la voz de su padre.

–Genial. ¿Qué tal tú?

–Bien.

Pero no parecía estar bien y eso le encogió el corazón. Desde que Connie murió en un accidente de moto, Emma había empezado a tener miedo a lo inesperado. Y cuando Patrick Jenkins estaba serio era porque ocurría algo.

Durante unos segundos, el miedo la paralizó. Pero intentó disimular mientras se ponía de puntillas para darle un beso.

A los sesenta y ocho años, su padre era un hombre alto y fuerte, con una cojera apenas apreciable.

Durante años había trabajado con sus hombres bajo el ardiente sol de Texas y tenía la piel del color del cuero y cubierta de arrugas, sobre todo alrededor de los ojos. Su espesa cabellera oscura no tenía una sola cana.

Era un hombre atractivo a pesar de su edad y había tenido más de una oportunidad para volver a casarse, pero no quiso hacerlo. Su madre murió de cáncer años atrás y Patrick no estaba interesado en ninguna otra mujer. Emma había esperado que cambiase de opinión con el paso del tiempo, pero ahora que Logan había llegado a sus vidas, lo dudaba seriamente.

El niño era hijo de Connie y eso lo hacía aún más especial. Patrick adoraba a su hija pequeña y estaba convencido de que era una chica maravillosa… aunque siempre hubiera hecho lo que había querido y aunque se hubiera casado en contra de su voluntad con un hombre que él desaprobaba.

La muerte de Connie lo había afectado más que la muerte de su esposa.

–¿Me invitas a un café?

–Sí, claro –Emma se quitó los guantes para dirigirse al edificio que hacía las veces de oficina y tienda de regalos.

Al entrar en una sala grande que olía a flores frescas, Patrick se detuvo, sonriendo.

–¿Qué hace aquí?

Emma miró a su sobrino de dieciocho meses, que dormía dentro del cochecito con su oso de peluche en brazos.

–Esta mañana estaba imposible. No quería ir a la guardería.

–O sea, que Janet y tú os estáis turnando para cuidarlo.

–Sí. Aunque no me gusta nada.

–¿Por qué?

–Porque no puede salirse con la tuya todo el tiempo, papá. Hace lo que quiere conmigo.

–Desde luego que sí.

–Mira quién habla –sonrió Emma–. La culpa es tuya, que lo tienes muy mimado.

–Oye, que yo no he dicho nada –rio su padre.

Después de servirle un café, se sentaron frente al escritorio un momento, mirando al niño dormido.

–Intuyo que no has venido solo para tomar un café –dijo Emma por fin.

–Así es.

–¿Qué ocurre?

–Nada. Bueno, espero que nada.

–Entonces, ¿por qué tienes esa cara?

–Cal Webster.

Las manos de Emma empezaron a temblar y para no tirar el café sobre el escritorio, dejó la taza sobre la mesa.

–¿Qué?

–Ese hombre está de vuelta en la ciudad.

Había dicho «ese hombre» como si hablara de un escarabajo.

Emma se llevó una mano al corazón, mirando al niño que permanecía dormido.

–Dios mío.

Patrick se levantó, pero volvió a sentarse enseguida.

Hacía mucho tiempo que no lo veía tan agitado. Desde la muerte de su hermana. Y entonces no estaba agitado, sino desolado. Y furioso; la misma furia que veía en sus ojos en aquel momento.

–Papá...

–No creo que tengamos que asustarnos. Aún no, al menos.

–¿Cómo puedes decir eso?

–No creo que sepa nada de Logan.

–¿No lo crees? –Emma se levantó y empezó a pasear por la habitación–. Pues eso no es suficiente para mí.

–Estoy en ello, hija. Dame tiempo. Pero por lo que sé de Cal Webster, si sospechara que tiene un hijo ya habría llamado a mi puerta.

–Papá, no quiero asustarme, pero... pensar que pudiéramos perder a...

Patrick levantó una mano.

–No digas eso. Te aseguro que ese canalla no conseguirá nada. Ya me robó a una persona muy querida y te prometo que no va a llevarse otra.

Emma suspiró. No era fácil ponerse en el camino de Patrick Jenkins y ella lo sabía. Tenía muchos amigos en Tyler y no dudaba en usar su poder para salirse con la suya.

Y no podía criticarlo. Ella haría cualquier sacrificio, lo que fuera para conservar a Logan, de modo que era igual que su padre.

–¿Qué hacemos? –preguntó.

–Nada.

–¿Nada?

–Eso es, nada. Es Webster quien tiene que dar el primer paso. ¿Por qué vamos a hacerle saber que tiene un hijo? Seguro que no está dispuesto a asumir esa responsabilidad. Cuando estaba casado con tu hermana era un salvaje, un tipo que no tenía miedo de nada.

–Por eso no puedo creer que Connie se casara con él –suspiró Emma–. Un chico de la calle...

–Un gandul es lo que era –la interrumpió Patrick–. Su padre era un borracho que murió con el hígado hecho polvo y creo que su madre murió de pura vaguería.

–No es de extrañar que fuera un salvaje –murmuró ella.

–Esa no es excusa.

–Sí, lo sé, pero supongo que es por eso por lo que empezó a trabajar para el gobierno. A saber lo que hacía.

–Nunca lo sabremos. Además, me da igual. Lo que no quiero es volver a ver a ese hijo de perra.

–Menos mal que nunca he tenido el placer de conocerlo –Emma suspiró profundamente.

Cuando su hermana empezó a salir con Cal Webster, ella estaba estudiando en Europa. Cuando volvió, el matrimonio se había roto y Webster había desaparecido.

–La primera vez que tu hermana lo llevó a casa me di cuenta de que iba a ser un desastre –siguió su padre–. Era engreído y arrogante, aunque no tenía donde caerse muerto.

Sabiendo que esa conversación despertaba malos recuerdos, Emma puso una mano sobre su brazo.

–No pasa nada, papá. Seguro que solo está de paso. Luego se irá a saber dónde y no volveremos a saber nada de él.

–Eso espero –murmuró Patrick, con expresión venenosa.

Antes de que pudieran decir nada más, Logan se puso a llorar y Emma se levantó para sacarlo del cochecito.

–Hola, cariño. Mami está aquí. Y tu papi también.

–Hola, guapo –sonrió el abuelo, acariciando su cabecita–. Sé un buen chico con mamá y te llevaré a tomar un helado esta noche.

–*Helaro* –repitió el niño, con una sonrisa en los labios.

–Os veo luego. Tengo una reunión en cinco minutos.

–Si pasa algo, llámame.

–Eso por descontado –sonrió Patrick.

Cuando se marchó, Emma abrazó al niño con tal fuerza que Logan empezó a protestar.

–Perdona, cielo, no quería hacerte daño.

–Mamá –murmuró Logan.

–Eso es, mamá... Ah, me parece que oigo el camión de Mickey.

–Camión –repitió el niño, con su media lengua.

–Mamá tiene que marcharse. Tú te quedas con Janet, vuelvo enseguida, ¿eh?

Como por ensalmo, Janet apareció en ese momento y tomó al niño en brazos, pero Logan empezó a hacer pucheros.

–No pasa nada, cielo. Janet va a jugar contigo, ¿a que sí?

Logan le echó los brazos al cuello y le dio un beso en la mejilla.

Riendo, Emma salió del despacho, con el corazón colmado de alegría.

Cal empezaba a pensar que aquello había sido una estupidez. De hecho, seguramente era una locura. Pero había trazado un plan y pensaba llevarlo a cabo.

Además, era demasiado tarde para volverse atrás. Había aparcado la camioneta frente al vivero de su excuñada, la parte de atrás cargada de plantas.

Sudaba como si hubiera estado cortando leña, lamentablemente. Aunque hacía más calor de lo normal, no debería estar sudando. Y estaba nervioso. Casi le dio un ataque de risa ante lo absurdo de la situación. Había pasado por los peores agujeros del mundo y allí estaba, sudando antes de enfrentarse con una mujer.

Pero no era solo una mujer. Era la tutora de su hijo.

Tenía que calmarse o no podría salir de la camioneta, pensó. Perder el control era algo que él no solía hacer. Porque eso podría hacerle perder la vida...

Esa repentina vuelta al pasado lo hizo saltar de la camioneta, mascullando maldiciones. Había salido de la jungla, pero pasaría mucho tiempo hasta que pudiera olvidarla del todo.

Pero ya pensaría en eso más adelante. Ahora mismo tenía otras cosas que hacer.

Tomando la nota de pedido, Cal se dirigió a la puerta del vivero, pero se detuvo al ver a Emma.

Aunque no era tan atractiva como Connie, el parecido era evidente. Las dos tenían el mismo corte de cara, los mismos ojos... aunque de diferente color. Y la boca... también era la misma.

Pero allí terminaban los parecidos. Cuanto más se acercaba Emma Jenkins, más la miraba... con demasiado interés para un hombre que tenía una misión y que había renunciado a las mujeres, además.

La mayoría de las mujeres del sur no saldrían a la calle sin maquillar. Emma Jenkins era la excepción y le sentaba bien. Tenía una piel radiante, sin arrugas, aunque debía andar por los treinta y cinco años.

Pero era su forma de vestir lo que más llamó su

atención. Llevaba un peto vaquero y, debajo, una camiseta ajustada que abrazaba sus generosos senos y dejaba parte de su estómago al descubierto. Cal estaba seguro de que no llevaba sujetador. Y, de cerca, comprobó que no lo necesitaba.

Tenía unos pechos altos, erguidos, orgullosos...

¡Cuidado, vaquero! Había pasado mucho tiempo desde la última vez que se fijó en los pechos de una mujer y no pensaba empezar con ella precisamente... la hermana de su exmujer. Dios no lo permitiera.

Cal levantó la mirada. Al contrario que Connie, Emma no era exactamente guapa. Y tampoco descaradamente sensual. Pero, a su manera, era bonita. Y tenía clase.

Era alta, al menos un metro setenta y cinco, con el pelo castaño más bien corto. Pero fueron sus ojos los que lo dejaron hipnotizado. Eran de un color único, azul... como el azul del limpiacristales y rodeados de largas pestañas.

–Mickey, ya era hora... –empezó a decir ella. Luego arrugó el ceño–. Tú no eres Mickey.

–No, no lo soy.

–¿Dónde está Mickey? –preguntó Emma, mirándolo de arriba abajo.

Cal se preguntó qué estaría pensando. Seguramente no le gustaba lo que veía, se dijo.

Llevaba el pelo demasiado largo y los vaqueros y la camiseta estaban más que gastados. Y su cara... esa era otra historia. Sabía que últimamente no tenía buen aspecto, pero cuando había que arreglarse... bueno, entonces no estaba tan mal. Aunque no había tenido ni tiempo ni ganas de arreglarse esa mañana.

–Creo que ahora tiene otra ruta.

–¿Y quién es usted?

Cal vaciló un momento, pero luego le ofreció su mano.

–Bart McBride. Pero mis amigos me llaman Bubba.

Capítulo Tres

Caramba.

Eso fue lo primero que Emma pensó al encontrarse con aquellos ojos oscuros. Había visto a muchos transportistas desde que abrió el negocio, pero ninguno como aquél. No podría decir que era el hombre más guapo que había visto en su vida, eso sería una exageración, pero había algo en él que definitivamente llamaba su atención.

Y eso era algo muy raro para ella.

Quizá era ese aspecto duro, peligroso. Emma tragó saliva, sintiendo mariposas en el estómago. ¿Quién era aquel hombre? Y, sobre todo, ¿por qué experimentaba aquella reacción tan irracional ante un extraño? Un transportista ni más ni menos.

Ella no era clasista, pero normalmente hacía falta algo más que un hombre alto, moreno y musculoso con algunas canas en las sienes para que volviese la mirada.

Y aquella vez había sido algo más que una mirada. De hecho, no podía apartar los ojos de aquel hombre. Aunque sabía que se había puesto colorada, no podía dejar de mirarlo. Quizá por los hoyitos que tenía en las mejillas. O quizá por los dientes perfectos, tan blancos.

Sí, bueno, era un hombre muy atractivo. ¿Y qué? Había conocido muchos así y nunca habían llamado su atención.

¿Por qué ahora?

Desde luego, no era su tipo. Demasiado duro, demasiado... hombre. Sin embargo, no podía dejar de admirar la camiseta ajustada, los vaqueros gastados bajo los que se adivinaba el impresionante bulto de su sexo o la poderosa fuerza de sus muslos.

Emma enrojeció aún más.

Percatándose de que estaba portándose de forma totalmente inapropiada, levantó la mirada... pero se dio cuenta de que también él estaba mirándola con la misma atención.

Y, para su asombro, se sintió sofocada.

–Supongo que es usted Emma Jenkins.

Su voz, profunda y ronca, era tan sexy como todo lo demás y Emma tardó un momento en encontrar la suya. ¿Qué le pasaba?

Nada, se dijo a sí misma. Solo estaba reaccionando ante un hombre muy atractivo, nada más. Algo que no le había pasado en mucho tiempo, pero completamente normal. Le pasaría a cualquiera.

–Sí, soy Emma Jenkins –consiguió decir, después de aclararse la garganta–. Espero que Mickey vuelva pronto. Lleva tanto tiempo trayéndome mercancía que nos habíamos hecho amigos. Me sorprende que no me haya contado lo del cambio de ruta.

–Supongo que se lo contará –sonrió Bubba, mirando la nota de pedido–. Bueno, todo lo que llevo en la camioneta es suyo.

–No me sorprende.

–Debe tener usted un buen negocio.

–Pues sí.

–Entonces, supongo que nos veremos a menudo.

Oh, cielos.

–Si Mickey vuelve, no creo.

–Me parece que no piensa volver… al menos durante un tiempo.

–Si lo ve salúdele de mi parte.

–Lo haré.

Silencio.

Aquella vez fue Bubba quien se aclaró la garganta. Estaba a punto de decir algo cuando Emma se volvió al oír un ruido. Era Logan, corriendo hacia ella, con una sofocada Janet detrás.

–Lo siento, Em, se me ha escapado.

Emma sonrió, tomando al niño en brazos.

–Eres muy malo.

–Malo –repitió Logan, echándole los brazos al cuello.

–Un niño muy guapo –dijo Bubba.

–Gracias.

–¿Es suyo?

Emma no sabía qué contestar. Cuando Mickey se lo preguntó no tuvo ningún problema en decirle la verdad. Con aquel personaje, sin embargo, era diferente. Aunque no sabía por qué.

–Sí, es mío. Bueno, pronto será mío.

–¿Le importaría explicarme eso?

Un poco sorprendida por su interés, Emma tuvo que sonreír.

–Pues sí, me importaría.

Bubba rio, guiñándole un ojo.

–Bueno, antes de que me eche a patadas, será mejor que empiece a descargar.

–Me parece muy buena idea.

Bubba se dirigió a la camioneta, abrió la portezuela trasera y se puso a trabajar. Cuando terminó, le llevó la nota de pedido para que la firmara, acercándose más de lo que a Emma le habría gustado. A pesar del calor y del esfuerzo físico, olía bien y las mariposas de su estómago volvieron a despertarse.

Si no se iba pronto...

–Nos vemos, Emma –se despidió Bubba, tuteándola, y con una descarada sonrisa en los labios.

–Sí, supongo que sí. Gracias.

–De nada. Cuida bien del niño, ¿eh?

Ella se quedó donde estaba hasta que la camioneta desapareció al final de la calle, con las piernas temblorosas y absolutamente confusa.

Cuando por fin Logan aceptó quedarse con Janet, entró en su despacho y cerró la puerta, intentando contener los latidos de su corazón.

–Para ya –murmuró, dejándose caer sobre la silla. Pero mientras echaba un vistazo a la orden de pedido, su cabeza estaba en otra parte. En aquel transportista. Había algo en él... algo que la afectaba profundamente.

«Para ya», se repitió de nuevo mentalmente. Ella

no quería ser un clon de su hermana. Casi le dio la risa pensar eso, era tan absurdo. Aunque quisiera, no le sería posible.

Connie era una princesita, rubia, pequeña, con una figura de cine. Y con una personalidad alegre, despreocupada. Atraía a la gente, especialmente a los hombres como la miel a las abejas. Pero bajo ese exterior de princesa había una vena salvaje que Connie nunca fue capaz de controlar.

A los hombres les gustaba eso de ella. Y a Connie le gustaban los hombres. Mucho. Al contrario que a ella. Que no tuviera tan voraz apetito por el sexo opuesto siempre había sido causa de risa para su hermana.

–Eres una estrecha, Em –solía decirle.

–Lo siento mucho, pero soy así –replicaba ella.

–No lo sientes, eso es lo peor –reía Connie, pestañeando–. ¿Por qué no me dejas que te arregle un poco? Podríamos salir con un par de amigos míos y lo pasarías en grande.

–Gracias, pero no.

–¿Qué te pasa? ¿Eres gay o algo así?

Esa bromita no le había hecho ninguna gracia. Pero no dijo nada porque sabía que a Connie le gustaba meterse con ella.

–No, lo que pasa es que prefiero elegir a la gente con la que salgo.

–Sí, seguro –había replicado su hermana, con desdén.

Emma dejó escapar un suspiro. Connie ya no estaba y era absurdo recordar los malos ratos que le había hecho pasar. Pero debía reconocer que eran muchos.

Aunque sabía que su padre la quería, a quien adoraba era a Connie. Intentaba no demostrarlo, pero nunca había sido capaz de disimular. La adoración de Patrick permaneció inmutable incluso después de que se casara con Cal Webster, después de su divorcio e incluso después de que se enganchara a la droga.

Cuando nació el niño, Connie no soportaba sentirse atada y enseguida empezó a salir con un motero. Fue entonces cuando Emma se convirtió en tutora de Logan. No volvieron a ver a su hermana... más que en el ataúd.

El niño había sido lo único que impidió que Patrick se viniera abajo tras la muerte de Connie...

Percatándose de que estaba, de nuevo, perdida en aquellos tristes pensamientos, Emma levantó la cabeza y respiró profundamente.

Ya había hecho las paces con su hermana. Y sabía que nunca terminaría como ella. El problema de Connie era que no podía controlar el deseo que sentía por los hombres...

Emma se llevó una mano a la boca. ¿No le había pasado a ella algo parecido unos minutos antes? Se había sofocado mirando a Bubba McBride... ¿Por qué? Porque la había hecho sentir como una mujer por primera vez en su vida. Una locura, desde luego. Seguramente estaría casado y tendría 1, 3 niños... aunque no llevaba alianza. Pero eso no significaba nada.

Intentando apartar a aquel extraño de su cabeza, Emma se levantó y fue a buscar a Logan. Cuando las cosas empezaban a escapársele de las manos, la responsabilidad de cuidar del niño le hacía poner los pies en el suelo.

Afortunadamente.

Nunca le había faltado valor. ¿Por qué aquella mañana sí? ¿Por qué no le había dicho a Emma Jenkins quién era?

Se había hecho esa pregunta cien veces, pero aún no encontraba respuesta. ¿Bubba? Cal hizo una mueca. Qué nombre más idiota. ¿De dónde había salido? No tenía ni idea. Fue lo primero que se le pasó por la cabeza.

¿Y ahora qué?, se preguntó.

Esa era la gran pregunta, la que no tenía más remedio que contestar. Pero no en aquel momento. Porque en aquel momento estaba demasiado ocupado intentando controlar el nudo que tenía en el estómago.

Por fin, llegó a las puertas de su rancho, a varios kilómetros al norte de Tyler.

Sus padres le habían dejado aquella hermosa propiedad solo porque no habían tenido tiempo de venderla antes de morir. Cal tuvo que sonreír, irónico, al recordar a sus padres y lo poco que él les había importado nunca.

Si no se hubiera escapado de casa para alistarse en el ejército, seguramente ahora estaría muerto.

Se habría metido en alguna pandilla y habría vivido en el mismo submundo contra el que había luchado después.

Afortunadamente, eso no había pasado y, afortunadamente también, tenía aquel rancho.

Ahora era su casa. Le encantaba el aire libre, la libertad que le daba estar en el campo. Hasta que el nuevo puesto en la empresa de seguridad lo hiciera abandonar el país, pensaba pasar todo el tiempo posible con los caballos y el ganado.

Solo desearía poder llevar allí a su hijo...

Cal pisó el freno y se secó el sudor de la frente. Estaba un poco mareado y tuvo que apoyar la cabeza en el volante un momento.

Su hijo.

Había tenido un hijo.

Era el padre de aquel niño.

Un niño muy guapo, además. Cuando lo vio se quedó paralizado, pensando que Logan no podía ser hijo suyo. Era imposible que Connie y él, un matrimonio tan miserable, hubieran producido un niño tan precioso. De modo que tenía que ser hijo de otro.

Pero entonces recordó una fotografía suya de cuando era pequeño... Logan se parecía al niño de esa fotografía.

A la porra la prueba de ADN. No le hacía falta. Logan era hijo suyo.

Temblando, Cal se pasó una mano por la cara. Aún estaba demasiado afectado como para conducir hasta la casa, de modo que bajó la ventanilla y buscó a su capataz, Art Rutherford, con la mirada. Pero no estaba por allí.

Mejor. En aquel momento no quería hablar con nadie. Tenía que pensar. Le había mentido a Emma Jenkins y eso lo colocaba en una posición absurda. Si era amable con ella quizá le dejaría ver al niño, pero podría encontrarse con Patrick Jenkins, que lo reconocería inmediatamente...

Si eso ocurriera, tendría que recurrir al plan B. Logan era su hijo y nada ni nadie iba a alejarlo de él.

–Virgen Santa –murmuró–. Tranquilízate.

Aunque recuperar a su hijo, tener algo suyo por primera vez en su vida, era la prioridad número uno en aquel momento, tenía que preguntarse a sí mismo si de verdad estaba capacitado para ser padre. No era precisamente el mejor para ese papel, desde luego.

Los Jenkins sabían eso y, por supuesto, lo usarían contra él. Los dos, padre e hija, lo odiaban a muerte. Y para complicar aún más las cosas, la hermana de Connie lo había puesto cardíaco.

No, eso no estaba bien.

Pero le gustase o no, Emma Jenkins le había hecho pensar en cosas en las que no había pensado desde que volvió de Centroamérica. Emma era diferente. Lo fascinaba porque no tenía ni idea de lo atractiva que era.

Nunca había conocido a una mujer tan natural. No había nada artificial en ella, pero poseía una sexualidad y, a la vez, una inocencia que cualquier hombre encontraría poderosamente atractivas.

Cualquier hombre menos él, pensó, enfadado consigo mismo. Él no tenía intención de liarse con nadie y menos con su excuñada que, con toda seguridad, intentaría evitar que le dieran la custodia del niño.

Entonces, ¿qué hacía contando los días que faltaban para volver al vivero?

Capítulo Cuatro

–Señorita Jenkins, esto es un desastre. Así de sencillo.

«Y tú eres una zorra».

¿De dónde había salido ese sucio pensamiento?, se preguntó Emma. Sí, Sally Sue Landrum era como un grano en el trasero, pero tampoco era una zorra. Aún no, por lo menos.

–No, no es un desastre, Sally –replicó Emma, haciendo acopio de paciencia–. Te dije que tendrías listo el jardín hoy y pienso cumplir mi promesa.

Sally se puso las manos en las caderas.

–Sin plantas, eso es imposible.

–Conseguiré las plantas, no te preocupes.

En general, no solía aceptar trabajos de fuera porque estaba muy ocupada haciendo diseños paisajísticos para los edificios que construía su padre. Pero cuando su amiga Sally le suplicó que se encargara del jardín de su nueva y millonaria mansión, Emma le dijo que sí.

En realidad, para ella había sido un encargo emocionante, algo diferente. Pero en aquel momento, con Sally mirándola como si quisiera fulminarla, empezaba a lamentarlo.

El proveedor le había dicho el día anterior que

las plantas llegarían a tiempo, pero no era verdad. Había llamado a otros proveedores, pero ninguno podía atender el pedido. Y para empeorar las cosas, Sally iba a organizar una fiesta esa noche para mostrar su mansión a todos sus amigos de Tyler.

–Vuelve dentro y haz lo que tengas que hacer –insistió Emma–. Y deja que yo me encargue de esto, por favor.

–Eres mi amiga, Emma. Pensé que podía contar contigo.

–Y puedes contar conmigo, mujer –suspiró ella–. Déjame sola, que yo haré mi trabajo. Estará listo para la fiesta, ya verás.

–Eso espero.

Después de decir eso, Sally entró en la casa y cerró de un portazo. Y Emma respiró por primera vez desde que se vio acosada por su clienta y amiga. Suspirando, sacó el móvil del bolsillo.

–Fred, soy...

–Ya sé quién eres.

–¿Dónde están mis plantas?

–A punto de llegar, afortunadamente.

–Menos mal. Gracias, Fred.

–No me des las gracias a mí.

–¿Ah, no? ¿Y a quién voy a dárselas?

–A Bubba McBride.

–¿Eh?

–Se prestó voluntario para ir a buscarlas y está de camino.

–Gracias a Dios. Te debo una, Fred.

–Y a Bubba.

–Sí, claro.

Nada más cerrar el móvil oyó el chirrido de unos frenos tras ella. Cuando se volvió, vio a Bubba saltar de la camioneta y tuvo que hacer un esfuerzo para controlar los nervios.

–Hola –la saludó, con esa voz tan ronca, tan masculina que parecía acariciar su piel.

Se quedó un momento como presa de su mirada, más ardiente que el sol de Texas. Luego, sacudiendo la cabeza, logró controlarse. Por muy cautivador que fuera, y no podía negar que lo era, ella no estaba interesada.

Entonces, ¿por qué no podía dejar de mirar sus bíceps, sus anchos hombros, sus abdominales marcados bajo la camiseta? No se atrevía a mirar más abajo, sabiendo lo que tenía allí.

–Hola –respondió, tragando saliva como una adolescente en su primera cita. Dios, qué ridículo. Ella era una mujer adulta. Una mujer con un niño. ¿Dónde estaba su sentido común? ¿Dónde estaba su orgullo?

Emma borró la sonrisa tonta de sus labios y dijo con su mejor tono empresarial:

–He hablado con Fred y me ha dicho lo que has hecho. Muchas gracias.

Bubba le devolvió una sonrisa irónica que parecía reírse de su formalidad. Y esos hoyitos... malos para una mujer que estaba intentando proteger su corazón.

–De nada –le dijo, sin dejar de sonreír.

–Sí, bueno, me has salvado el cuello, es verdad.

–Me alegro mucho. ¿Nos ponemos a trabajar?

–Para eso está mi equipo, Bubba. Además, supongo que tendrás que hacer otras entregas.

–No, esta tarde no. Así que ponme a trabajar.

Aunque Emma sintió la tentación de rechazar su oferta, no lo hizo. Otro par de manos serían de mucha ayuda y, además, le gustaba su compañía.

«Un momento, chica». Se estaba metiendo en aguas profundas y, si no tenía cuidado, podría ahogarse. Pero aun así...

–Dime lo que tengo que hacer –insistió Bubba, interrumpiendo sus pensamientos–. Habremos terminado antes de que puedas deletrear supercalifragilisticoespialidoso.

Emma soltó una carcajada.

–Claro que puedo deletrearlo. Tengo un niño, ¿sabes?

–Sí, es verdad –contestó él, de repente serio.

Luego, antes de que pudiera decir nada más, se volvió hacia la camioneta y empezó a bajar maceteros.

Pasado el mediodía, la mayor parte de las flores estaban plantadas y Emma no podía recordar haber estado más cansada en toda su vida. Normalmente, ella se dedicaba a supervisar, dejando al equipo el trabajo manual, pero como Bubba estaba trabajando como el que más, decidió echar una mano.

Curiosamente, había disfrutado de cada minuto. Se le había olvidado lo divertido que era ensuciarse las manos de tierra.

–¿Qué te parece? –preguntó Bubba, pasándose un pañuelo por la cara. Aunque olía un poco a sudor, no era un olor desagradable. De hecho, le habría gustado quitarle el pañuelo y secarse la cara...

Emma parpadeó ante tan absurdo pensamiento.

El efecto que aquel hombre ejercía en ella era increíble.

–¿Y bien?

–Está estupendo. No sé cómo darte las gracias.

–Seguro que sabes.

–¿Cómo?

–Te invito a un vaso de limonada. En mi casa.

–No puedo. Tengo que ir a buscar a Logan a la guardería.

–Él también puede venir. A los niños les gusta la limonada y yo la hago muy bien.

–No...

–Por favor –la interrumpió él–. Ha sido una mañana muy larga y los dos necesitamos un descanso. ¿Qué puede pasar?

Nada, excepto que ella se pusiera de los nervios, pensó Emma.

–Muy bien, de acuerdo.

¿Qué demonios? No se había sentido atraída por un hombre en mucho tiempo y, aunque sabía que no saldría nada de aquello, podría ser divertido. Que, de repente, quisiera disfrutar de la compañía de Bubba no la convertía en una devorahombres como su hermana. Solo necesitaba relajarse un poco.

Media hora después, con Logan en la camioneta, se dirigían a las afueras de la ciudad.

–¿Adónde vamos? –preguntó Emma.

–A mi casa.

–¿Y dónde está tu casa?

–No muy lejos.

Logan iba dormido entre sus brazos, agotado después de pasar el día en la guardería. Solo lo llevaba allí tres veces a la semana porque no quería alejarse de él más de lo que fuera absolutamente necesario.

–Parece un niño muy bueno.

–Lo es. El mejor –contestó Emma.

–Bueno, ya hemos llegado –dijo Bubba poco después, deteniendo la camioneta frente a una cabaña rodeada por unos robles altísimos.

–Oye, esto es precioso –sonrió Emma, mirando su perfil. Entonces vio una gota de sudor corriendo por su mejilla y sintió el absurdo deseo de chuparla...

Horrorizada ante tan lujurioso pensamiento, apartó la mirada.

–No te preocupes, soy inofensivo –dijo Bubba entonces.

–Eso espero –murmuró ella, cortada.

–Venga, vamos.

Una vez dentro de la cabaña, Bubba fue directamente hacia el dormitorio de invitados y Emma lo siguió. Allí, tomó al niño en brazos y lo colocó en medio de la cama.

–Ahí estará bien. ¿Qué tal lo estoy haciendo?

–Muy bien.

Aquel hombre era especial, pensaba Emma.

Unos segundos después, estaban en la espaciosa cocina.

–Siéntate en uno de esos taburetes mientras hago la limonada.

Sintiéndose como pez fuera del agua, algo extraño para ella, Emma hizo lo que le pedía.

Más tarde, mientras tomaban la limonada recién hecha en copas heladas, se dedicaron a escuchar el canto de los pájaros. Por un momento, Emma se sintió como en otro mundo. Ella no era muy de campo, más bien una chica de ciudad. Pero no podía negar lo bien que se estaba allí, mirando un riachuelo lleno de patos...

A Logan le encantarían. Pensando en el niño, Emma saltó del taburete.

–Vuelvo enseguida. Voy a ver cómo está el niño.

–Supongo que sigue durmiendo –dijo Bubba después, cuando volvió sola.

–Como un tronco. En la guardería los dejan agotados. Pintan, juegan, ya sabes, todo eso.

–¿Lo llevas todos los días?

–No, qué va. Tengo gente que me ayuda en el vivero, así que solo va a la guardería tres días por semana.

Bubba sonrió mientras tomaba un sorbo de limonada y Emma lo miró, pensativa. Sentía curiosidad por un hombre que trabajaba como transportista y, sin embargo, tenía un rancho como aquél.

–¿Y tú? –le preguntó.

–¿Yo qué?

Emma se encogió de hombros.

–¿Estás casado?

–No. Si estuviera casado, no estarías aquí conmigo.

–Nunca se sabe.

–Yo podría preguntarte lo mismo.

–Tú sabes que no estoy casada –contestó ella, con cierta brusquedad.

–No, no lo sé.

–Pues no lo estoy.

Bubba la miraba como si quisiera leer sus pensamientos. Y, al hacerlo, no se molestaba en disimular el fuego que había en sus ojos.

En defensa propia, Emma evitó el contacto.

–¿Has estado casado alguna vez?

–Una vez –contestó él.

–Entiendo.

–Lo dudo, pero da igual. Es algo de lo que no me gusta hablar.

–A los hombres nunca les gusta hablar de eso –replicó Emma, sarcástica.

–O sea, ¿que soy como todos los hombres?

–Lo siento. No sé por qué he dicho eso.

Otro silencio y luego:

–¿Te gusta la limonada?

–Está riquísima.

–Me alegro.

–No has sido siempre transportista, ¿verdad?

–No te rindes nunca, ¿eh?

–No sé de qué hablar –bromeó ella.

–Ya, claro.

–Sí, bueno, siento cierta curiosidad.

–Tienes razón. No siempre me he dedicado a esto. En realidad, me dedico a... servicios de seguridad.

–Ah, qué interesante.

–Sí, lo es. Pero dejémoslo así por el momento, ¿te parece?

Emma se encogió de hombros.

–Como quieras. De todas formas, me da igual.

Le daba igual lo que hiciera o dejara de hacer. Y cuanto antes lo supiera, mejor para los dos.

–Oye, mírame.

–¿Para qué? –murmuró ella, sin volver la cabeza.

Sobre ellos cayó un silencio tenso, incómodo.

–Bueno, yo creo que ya es hora de volver a casa. Se está haciendo tarde y Logan tiene que comer.

–Gracias por venir –sonrió Bubba–. He disfrutado mucho de tu compañía. Venga, vamos a buscar al niño.

Ella lo siguió, preguntándose en qué clase de lío se había metido con aquel hombre.

Capítulo Cinco

Él era un hombre agradecido.

El vivero de Emma era un buen negocio y eso se ajustaba a sus planes. Aunque no tenía ningún plan definido, se recordó a sí mismo.

Conseguir un trabajo para llevar plantas de un lado a otro había sido una casualidad. Estaba desesperado por ver a su hijo sin levantar sospechas y había pensado en mil maneras de hacerlo.

Entonces se le ocurrió una solución: una empresa de suministros para viveros, pero no una normal sino la que abasteciera a Emma. Normalmente, en todas necesitaban conductores y él tenía su propia camioneta. Quizá tendría suerte... y la había tenido.

Pero no decirle quién era no formaba parte del plan. Había sido una reacción improvisada.

Cal dejó escapar un suspiro. Esperaba no haber metido la pata.

Aquella mañana iba a llevarle unos maceteros y la encontró fuera, regando unas plantas. Emma se inclinó para cortar unas hojas secas y a él se le hizo la boca agua al ver sus pechos apretando la camiseta.

Pero fue la provocativa curva de su trasero bajo

los vaqueros pirata lo que lo puso más duro que una piedra.

Sentía el deseo imperioso de saltar de la camioneta y colocarse tras ella para acariciar ese trasero con las dos manos... afortunadamente, ella levantó la mirada en ese momento, dando al traste con tan locos pensamientos.

Cal sacudió la cabeza, recordándose a sí mismo que lo importante era el niño y nada más.

–Llegas muy temprano.

–He decidido ponerte la primera de la lista –contestó él, sin dar más explicaciones.

–Te lo agradezco –Emma inclinó a un lado la cabeza–. Supongo que debo agradecértelo, ¿no?

Bubba sonrió.

–¿Cómo va todo?

–Genial.

–¿Cómo está el niño?

–Genial también.

–Me alegro.

Los dos se quedaron en silencio después de eso, mientras se miraban como si no supieran qué decir. Él, desde luego, no sabía. Estaba metido en un buen lío... pero dispuesto a seguir en él hasta que pudiera revelar su verdadera identidad.

La cuestión era que quería ver a su hijo otra vez y aquella mujer era la clave. No le gustaba tener que engañarla porque, al contrario que su hermana, era una buena persona. Pero, desgraciadamente, no tenía ni tiempo ni paciencia para ganársela de otra forma.

En lo que se refería a su hijo, el tiempo no estaba de su parte. Era su enemigo.

–Bueno, voy a llamar a Héctor para que te ayude a descargar –dijo Emma rápidamente, como si se hubiera percatado de que llevaban mirándose lo que parecía una eternidad. En realidad, solo habían sido unos segundos.

Pero solo unos segundos era todo lo que Cal necesitaba para ponerse caliente. No podía imaginar cómo sería tocarla. Explotaría de inmediato...

–Déjalo –murmuró.

–¿Has dicho algo?

–No, no, nada. Voy a... lo mío.

Una vez descargada la camioneta, de nuevo se quedaron en silencio tras firmar la hoja de pedido.

–Nos portamos como si fuéramos extraños.

Emma se puso colorada. Cal no sabía si era por lo que había dicho o porque le estaba dando el sol en la cara. En cualquier caso, era halagador... y se fijó, además, en que tenía pecas en la nariz. Curioso, no se había fijado en eso el día anterior.

–Porque lo somos –dijo Emma por fin.

–Eso podría cambiar. Si tu quieres, claro.

Ella se pasó la punta de la lengua por el labio inferior... y Cal tuvo que disimular como pudo. Su erección estaba a punto de salirse por la cremallera del pantalón.

–No sé si quiero.

–Pues entonces, intentaré hacerte cambiar de opinión.

–Sería una pérdida de tiempo.

Aunque la respuesta era deprimente, Cal se dio cuenta de que Emma no se parecía nada a su hermana. Aunque eso no debería haberlo sorprendido. No tenía nada que ver con Connie, a quien le gustaban los hombres, todos los hombres. A aquella mujer no parecía importarle si había uno en su vida o no. Aunque por un lado se alegraba, por otro eso le daba miedo.

Se había convencido a sí mismo de que si llegaba a conocerla, si se hacían amigos, contarle quién era sería más fácil.

Pero si no lo dejaba atravesar esa barrera... entonces estaba fastidiado. Por Logan, no podía dejar que eso pasara.

–Gracias por venir a primera hora –dijo Emma, interrumpiendo sus pensamientos.

–De nada. Mañana haré lo mismo

–Mañana no tienes que traer nada.

–De todas formas, vendré –sonrió él, guiñándole un ojo.

Emma abrió la boca para responder, pero antes de que pudiera hacerlo Cal subió a la camioneta y desapareció. Cuando miró por el retrovisor, ella seguía mirando hacia el final de la calle con cara de pena. Mejor eso que nada, pensó, sintiéndose culpable.

Ahora, aparcado a un lado de la carretera, Cal se preguntaba qué diría si apareciera por allí sin plantas. Seguramente lo mandaría a la porra. Pero quizá no. No era tan indiferente como quería aparentar. Y tampoco él lo era.

–Tranquilízate, Webster –murmuró, arrancando de nuevo.

Cuando terminó de entregar todos los pedidos, pasó por el bufete de Hammond antes de irse a casa.

Tuvo suerte. Hammond acababa de volver de los Juzgados y no tenía más clientes ese día.

–Hola, amigo, ¿qué tal?

–Acabo de terminar la ruta –contestó Cal, dejándose caer sobre una silla.

Hammond soltó una carcajada.

–Esa sí que es buena. Tú llevando plantas de un lado a otro.

–No te rías. Es una forma de ver a mi hijo.

–¿Ahora es «tu hijo»?

–Eso es lo que he dicho.

–El otro día estabas de acuerdo en hacer una prueba de ADN.

–Pero he decidido que no es necesario.

Hammond levantó una ceja.

–¿Y eso?

–Las circunstancias han cambiado.

–¿Por qué?

–Ya te lo he dicho. Por mi trabajo.

–Increíble.

–Debo moverme rápidamente. Sabes que no tengo mucho tiempo.

Hammond se pasó una mano por la calva.

–Cierto, pero sigo sin creer que hayas hecho eso solo para verlo.

–Pues lo he hecho. Y es un niño precioso –dijo

Cal entonces, incapaz de disimular la emoción–. Pero tú ya lo sabes, lo has visto.

–La mayoría de los niños pequeños son preciosos.

–El mío más.

–¿No te estarás dejando llevar?

–Es un niño muy despierto.

–Entonces, ¿nada de prueba de ADN?

–No.

–Como te dije el otro día, tú decides –suspiró Hammond–. Pero hay algo que no entiendo... ¿cómo ha reaccionado Emma al saber quién eras?

Cal apartó la mirada.

–No se lo he dicho –contestó. El abogado se quedó boquiabierto–. No me mires así, no podía hacer otra cosa.

–Lo que estás haciendo es absurdo, Cal.

–Sé lo que lo que hago, Hammond.

–¿De verdad?

–Le dije que mi nombre era Bart McBride, pero que mis amigos me llamaban Bubba.

–¿Bubba? Por favor, creo que voy a vomitar.

–No he venido aquí para que me des la charla, maldita sea.

–Pues no esperes una absolución por mi parte porque para eso necesitarías un cura.

–Muy gracioso.

–No lo digo de broma.

Cal dejó escapar un suspiro. Pero sabía que su amigo tenía razón. No debería haberle mentido a Emma; pero lo había hecho y ahora tenía que vivir con ello. Al menos, durante un tiempo.

–Mira, lo que quiero es que me aconsejes sobre lo que debo hacer.

–Dile la verdad.

–No puedo.

–¿Quieres tener a tu hijo contigo?

–Claro.

–¿Quieres la custodia?

–Sí.

–Pues no va a ser fácil.

–¿Y por qué no? Después de todo, es hijo mío. ¿Por qué no van a darme la custodia?

–Antes de hablar de eso, tengo que preguntarte algo.

–Dime.

–¿Crees que serías un buen padre? ¿Te has preguntado eso a ti mismo?

–Estoy seguro de que podría serlo. ¿Tú no lo crees?

–No lo sé. Pero creo que es algo en lo que deberías pensar. No es fácil cuidar de un niño y convertirlo en un buen ciudadano. Hace falta energía, paciencia, cariño...

–¿Y cómo voy a saberlo si no lo intento? –preguntó Cal.

–Sugiero que no te metas en esto pensando que es una prueba. Un niño no es un reto.

–No quería decir eso.

–Oye, yo no te estoy juzgando. Pero el juez lo hará, amigo.

–Sabes meter el dedo en la llaga, eso está claro –murmuró Cal.

–Tú has preguntado.

–¿Qué más?

–Un juez no suele quitarle la custodia a una madre para dársela a un extraño que piensa llevárselo fuera del país.

–Emma no es su madre.

–A todos los efectos, lo es. Y su tutora legal.

Cal se pasó una mano por el cuello.

–Así que estoy entre la espada y la pared. He estado en esa posición antes... y he salido de ella.

–¿Quieres que empiece a redactar los documentos?

«Sí», estuvo a punto de decir él.

–No, aún no. Primero voy a ver si funciona mi plan. Es posible que me gane la confianza de Emma...

–Ella es solo la mitad de la batalla. No te olvides de Patrick Jenkins.

–No lo he olvidado, pero tengo que empezar por algún sitio. Y Emma es el eslabón más débil de la cadena.

–Espero que sepas lo que estás haciendo, amigo.

–Yo también, Hammond, yo también.

De nuevo, tenía intención de ir al rancho. Pero cuando salió del despacho de Hammond, su camioneta tomó la dirección del vivero de Emma. Como aún no era la hora del cierre, estaba seguro de que seguiría allí.

O, al menos, esperaba que fuera así. No sabía qué explicación iba a darle o qué excusa inventaría para esa visita, pero ya se le ocurriría algo. Quería ver a su hijo y esperaba que Logan estuviera con ella.

El único problema era que debía tener cuidado. No podía preguntar por el niño o Emma empezaría a sospechar. Pero iba a ser difícil mantener la boca cerrada.

En menudo lío se había metido. No. En menudo lío lo había metido Connie. Si le hubiera dicho que estaba embarazada las cosas serían diferentes...

Aunque no estaba siendo justo del todo. Quizá ella no había podido localizarlo. Y aunque hubiera podido, eso no habría cambiado nada. Tenía un compromiso con el gobierno y, por mucho que hubiera querido, un trabajo que hacer.

Cal soltó una retahíla de palabrotas. Si no dejaba de darle vueltas acabaría en una celda acolchada. Había estado a punto y no pensaba arriesgarse a que volviera a pasar.

Cuando detuvo la camioneta en el aparcamiento, el vivero parecía desierto. Aun así llamó a la puerta y, unos segundos después, Emma salió a abrir con cara de sorpresa.

–¿Qué haces aquí?

–Quería verte.

–¿Por qué?

–¿Estás sola?

–No. Estoy con Logan.

–Genial.

Ella lo miró, exasperada.

–¿Por qué dices eso?

–Porque hace un día estupendo para dar un paseo y tomar un helado. ¿Qué te parece?

Capítulo Seis

Emma no podía creer que hubiera dicho que sí. Otra vez. Pero lo había hecho. Estar sentada en el parque con Bubba y Logan le resultaba increíble. Y lo curioso era que lo estaba pasando bien.

Especialmente mirando a Bubba, con su camiseta de color beige y los chinos de color marrón que se pegaban a sus piernas, destacando cada músculo. Por un momento, lo imaginó sin esos pantalones y su pulso se aceleró.

Pero tenía que dejar de pensar esas cosas.

–Qué buen día hace –dijo Bubba.

Sí, era cierto. El olor de las flores de todas las variedades y tamaños acariciaba sus sentidos. Sobre ellos, las ramas de los árboles, las ardillas y los pájaros cantando...

Pero era Logan quien parecía estar pasándolo mejor. Después de reír y corretear por el césped hasta quedar agotado, miraba a los niños mayores subidos a los caballitos mientras tomaba un helado de chocolate... o, más bien, mientras se manchaba toda la cara de chocolate.

Aunque había varios parques en la ciudad, aquel era el favorito de Emma, probablemente porque era más pequeño y había mucha menos gente. Solía llevar allí al niño para jugar y leerle cuentos.

Pero era la primera vez que no estaban solos.

El helado de chocolate había sido idea de Bubba, que insistió en dárselo, además.

–Espera, tengo que ponerle un babero. Aunque de todas formas se pondrá perdido. Y tú también –sonrió Emma.

–Por mí no te preocupes.

–Luego no digas que no te he advertido.

Sonriendo, Bubba se volvió hacia Logan.

–A ver, pequeñajo, vamos a tomar el helado.

Emma los había observado en silencio. Aunque era evidente que no lo había hecho nunca, tenía mucha paciencia. Seguramente sería un buen padre algún día, pensó. Aún no era demasiado tarde. Se casaría y tendría hijos... Por alguna razón, esa idea la molestó. Luego, sacudiendo la cabeza, se concentró en Logan, que estaba riendo mientras terminaba su helado.

De repente, Emma sintió los ojos de Bubba clavados en ella. Y cuando deslizó la mirada hasta sus labios algo se encendió en su interior.

Afortunadamente, Logan lanzó un grito en ese momento, rompiendo el hechizo.

Ese episodio había ocurrido una media hora antes y Emma, desde entonces, decidió que Bubba no iba a atraparla de nuevo con la mirada. Era demasiado peligroso. Ir al parque con aquel extraño ya era arriesgado. Debería haberle dicho que no...

Pero se sentía atraída por él, no podía negarlo.

Aunque no le gustaba esa debilidad, no podía jurar que no volvería a sucumbir. Y tampoco pensaba disculparse por ello.

De repente, sintió miedo. Su hermana había sido una persona poco reflexiva y eso la había metido en muchos problemas. Y allí estaba ella, haciendo lo mismo, algo que había jurado no hacer nunca...

–Te quiere mucho.

–¿Eh?

–El niño. Te quiere mucho –sonrió Bubba.

–¿Tú crees?

–Estoy seguro.

–Gracias. Especialmente porque está a punto de ser mío legalmente.

–Eso es lo que me dijiste el otro día.

–Logan es la alegría de mi vida.

–Si no te importa que pregunte, ¿el niño es tuyo?

–No, es hijo de mi hermana –contestó Emma–. Estaba casada –añadió después.

–No pensaba juzgarla.

–Ya.

Los dos se quedaron en silencio un momento.

–Estás muy callada –dijo Bubba, sin dejar de mirarla.

A lo mejor le gustaba lo que veía. Quizá sí, porque aquella mañana había puesto especial cuidado al elegir atuendo. Llevaba un bonito vestido de color coral que acentuaba la curva de sus pechos y unas chanclas de colores.

–¿Emma?

–Estaba preguntándome por qué tengo que confiar en ti.

–Ninguna razón, excepto que estoy interesado.

–¿Por qué?

–Creo que sabes la respuesta –contestó él en voz baja.

Sabiendo que quería atrapar su mirada, Emma tragó saliva, por miedo a lo que podría ver en esos ojos tan misteriosos... deseo, el mismo deseo que había dentro de ella.

–No pasa nada, de verdad –insistió Bubba.

–Cuando mi hermana Connie quedó embarazada, pidió el divorcio. No quiso decirle a su marido que estaba esperando un niño porque era un agente del gobierno y estaba a punto de salir del país –le contó ella por fin–. Bueno, para resumir, se divorció de él y luego nació el niño.

–Pero ella no lo quería.

Aunque Emma se quedó un poco sorprendida por el comentario, no se ofendió porque era la verdad por mucho que ella quisiera negarla.

–Eso es. Para entonces había conocido a un motero y quería irse de viaje con él... pero tuvieron un accidente. Chocaron contra un camión y murieron de forma instantánea los dos.

–Lo siento.

–Yo también.

Se quedaron en silencio, observando a Logan, que miraba a los niños de los caballitos como si estuviera hipnotizado.

–Es un buen niño –dijo Cal.

Emma sonrió, visiblemente aliviada ante el cambio de tema.

–Sí, es verdad. Solo llora cuando se ha hecho pipí o tiene hambre.

–Yo también lloro cuando me pasa eso.

Ella lo miró, sorprendida. Pero Bubba tenía una sonrisa de oreja a oreja.

–Eres tonto.

–Me encanta mirarte –dijo él entonces.

La sonrisa de Emma desapareció de repente.

–No digas eso.

–¿Por qué no?

–Porque no es verdad.

–Sí lo es.

–Mi hermana era la guapa de la familia –dijo Emma entonces.

–¿Quieres que empiece a detallar todo lo que tienes bonito?

–¡No! –contestó ella, irritada–. Lo siento, no quería ponerme antipática.

Cal sonrió.

–No pasa nada. Pero prométeme que la próxima vez te mirarás al espejo con más detalle.

–Vamos a cambiar de tema, ¿quieres?

–Bueno, hablemos del niño.

Emma se volvió y miró al niño con una expresión llena de amor.

–Estoy deseando que sea mío legalmente.

–¿Ya has pedido la custodia? –preguntó Bubba, sin mirarla.

–Aún no, pero estoy pensando en empezar el proceso.

–¿Esperas que haya algún problema?

–Posiblemente.

–¿Por qué?

–Su padre ha vuelto a la ciudad y podría causar problemas –Emma se detuvo un momento, suspirando–. Mi padre lo odia. Y si intenta crear algún problema esto se convertirá en una amarga pelea por la custodia de Logan, algo en lo que no quiero ni pensar.

–¿Tanto odia tu padre a ese hombre?

–Le culpa por la muerte de Connie y ha jurado matarlo con sus propias manos si tiene la oportunidad.

–Parece que es un poco vengativo.

–No, en absoluto.

–¿No?

–Para él Cal Webster es basura y no sería un buen padre para Logan. Ya te he dicho que lo cree responsable por la muerte de mi hermana... pero es una historia muy larga. No me apetece hablar de eso.

–No pasa nada, como quieras.

De nuevo se quedaron en silencio y Emma miró su reloj.

–Se está haciendo tarde. Será mejor que me vaya. Tengo que meter a Logan en la cama.

–Lo que tú digas. ¿Podemos hacer esto otra vez?

–¿Qué? –preguntó ella, pero solo para ganar

tiempo. No le gustaba lo que estaba pasando, especialmente cuando la miraba como si quisiera comérsela.

Bubba sonrió entonces, como si supiera exactamente lo que estaba pensando.

–Tú sabes qué: volver a vernos.

–No sé.

–Cuando te decidas, dímelo.

Antes de que pudiera contestar, Logan empezó a llorar. Emma iba a tomarlo en brazos, pero él se adelantó.

–¿Te importa?

–No, claro. Pero seguramente estará empapado.

–No me importa –Cal sonrió mientras sacaba al niño del cochecito. Desgraciadamente, Logan empezó a llorar y Bubba puso tal cara de susto que a Emma le dio la risa.

–No te lo tomes como algo personal. Ya te he dicho que no le gusta estar mojado o tener hambre. Y ahora tiene las dos cosas.

–Entonces, sugiero que te lo lleves a casa.

–Sí, será lo mejor –Emma alargó los brazos para tomar al niño y, por un segundo, le pareció como si Bubba no quisiera soltarlo. Pero debía ser su imaginación, pensó.

–Ya estás con tu mami, pequeñajo. Puedes dejar de llorar.

Logan sonrió, como si se hubiera salido con la suya.

–Me parece que nos ha tomado el pelo –dijo Cal.

–Sin duda –asintió Emma, mientras iban de vuelta hacia la camioneta.

Si le pedía que volviera a salir con él, le diría que sí, pensaba.

Y eso le daba miedo.

Capítulo Siete

–¿Qué te pasa, hombre? ¿Por qué nunca te hemos visto colgado?

Cal hizo una mueca cuando el colombiano se acercó a él con un brillo demoníaco en los ojos, tocando una sucia jeringuilla con unos dedos aún más sucios. Cal no movió un músculo, intentando parecer tranquilo.

Su vida dependía de ello. Pero si pudiera elegir tortura, preferiría jugar a la ruleta rusa con una pistola en la cabeza antes que una jeringuilla llena de cocaína en sus venas.

–Porque nunca me he metido droga delante de ti –contestó.

El colombiano sonrió.

–Bueno, pues vamos a encargarnos de eso, ¿no?

Cal intentó controlar el deseo de estrangularlo. Podría hacerlo fácilmente porque era el doble de alto, pero no podía hacerlo si quería salir con vida de aquella situación. El colombiano tenía la jeringuilla y dos compinches al lado, dispuestos a saltar sobre él si hacía algún movimiento extraño.

–Como quieras –dijo Cal, encogiéndose de hombros, aunque su corazón latía a mil por hora.

–Buena respuesta, amigo. Sabes que no podemos dejarte fuera. Cuando te unes a nosotros, tienes que demostrar tu valor probando la aguja.

–Haz lo que tengas que hacer –respondió él como si no le importara en absoluto, cuando en realidad su miedo iba en aumento a medida que pasaban los segundos.

–¿Qué demonios está pasando aquí?

Los cuatro ocupantes de la sucia habitación se volvieron para mirar al jefe, el hombre al que Cal había ido a detener, probablemente uno de los seres humanos más crueles que había conocido en su vida... y había conocido a muchos. Pero aquel tipo no tendría escrúpulo alguno en cortarte la aorta y verte sangrar hasta la muerte mientras él se comía un plato de judías.

–¿Qué pasa, estáis sordos?

El colombiano de la aguja empezó a temblar y Cal tuvo que hacer un esfuerzo para no soltar un grito de alegría. Pero aún no había pasado el peligro, se recordó a sí mismo. El jefe podría decir que siguieran adelante con la «prueba». De ser así, estaba seguro de que no sobreviviría. Si no lo mataba la cocaína lo mataría la sucia aguja.

–Estábamos a punto de iniciarlo en...

–Ahora no –lo interrumpió el jefe–. Hay cosas más urgentes. Venid conmigo.

El colombiano se acercó a Cal y le dijo al oído:

–Llegará tu momento, amigo. Cuando menos te lo esperes.

Cal se incorporó en la cama, con el cuerpo cubierto de sudor y mirando alrededor, confuso.

Cuando se dio cuenta de que estaba de vuelta en su país, en su rancho y no en aquel sucio agujero, se relajó. Pero luego empezó a temblar de tal forma que le castañeteaban los diente. Sabiendo que era absurdo intentar luchar contra los efectos de la pesadilla, cerró los ojos y esperó hasta que dejó de temblar.

Se sentía agotado, como si le hubieran dado una paliza. No podía moverse, estaba exhausto.

Pero sabía que si se quedaba tumbado un rato todo pasaría. Aquella pesadilla y otras como ella lo habían perseguido desde que volvió de Colombia. Los psicólogos le habían dicho que era normal, algo que debía esperar.

Sí, pues él tenía algo que decirles a los psicólogos. Podía esperarlas, pero no las aceptaría nunca. Para él, aquel horror era una señal de debilidad y estaba decidido a superarlo. Nada podría tener tal poder sobre él.

Pero era suficientemente realista como para saber que tardaría algún tiempo en desintoxicarse y volver a la normalidad. Aunque, al menos, estaba de vuelta en casa.

Muchas veces pensó que no volvería de Colombia. Muchas veces pensó que iba a quedarse allí, muerto, tirado en algún callejón. Y a veces ni le importaba siquiera. Estaba tan perdido en aquel submundo que perdió la visión de la realidad. Pero ya no. Había vuelto. Estaba vivo. Y sabía por qué: su hijo.

Tenía un hijo. Le habría gustado gritarle esa noticia al mundo entero.

–Tranquilízate, chico. Estás perdiendo la cabeza.

Pero era lógico. Alguien que había pasado del infierno al cielo debía sentirse feliz y orgulloso.

Pero, ¿por qué estaba convencido de que podría ser un buen padre? ¿De dónde salía esa confianza? Quizá porque había conocido a Logan, porque había visto su carita. Y ya no había vuelta atrás. Nunca había pensado en ser padre. Connie y él nunca hablaron de ello, pero Connie y él nunca hablaban de nada importante. Lo suyo había sido deseo a primera vista... y odio al día siguiente.

Cal dejó escapar un suspiro. Pensar mal de los muertos, especialmente de su exmujer, lo hacía sentir incómodo. Desde el mismo día que se casó con Connie supo que había cometido el mayor error de su vida. Pero ahora no estaba tan seguro.

Por Logan.

Criar a un niño era una responsabilidad enorme y tenía que admitir que quizá no estaba a la altura, que quizá su pasado, su trabajo como agente clandestino del gobierno era una carga de la que nunca podría librarse.

Tenía que enfrentarse al hecho de que, si conseguía la custodia de Logan, podría poner a su hijo en peligro, además. Pero él había dejado atrás su trabajo con el gobierno. Había dimitido. Su trabajo como agente clandestino había terminado para siempre.

Cal hizo una mueca, recordando un caso en particular que aún no había cerrado del todo.

Pero era algo poco importante, algo que podía solucionar sin poner en peligro la vida de su hijo.

Seguro que podría convencer a un juez de eso si al final había una batalla legal por la custodia de Logan.

¿Y Emma?

¿Qué papel hacía ella en todo aquel asunto? Además de ser la única madre que Logan había conocido, estaba empezando a gustarle de verdad. Más que eso, pensaba día y noche en hacerle el amor.

Y la prueba estaba delante de él. Solo tenía que levantar la sábana y ver su miembro erguido. Cuando no estaba luchando contra una pesadilla, tenía que luchar contra un sueño erótico... con Emma como protagonista.

Desde que la conoció estaba obsesionado por ella. Quería verla desnuda, acariciar sus generosos pechos, imaginando cómo sería tocarlos, chuparlos...

Y el sueño no paraba ahí. Su mente lo había llevado más allá en aquella aventura sexual. Podía imaginarla mirándolo con los ojos entornados, la puntita de la lengua rozando su labio inferior. Pero era cuando movía las caderas de una forma sensual y luego abría las piernas de forma invitadora cuando perdía la cabeza del todo.

Incluso en estado semiinconsciente, agarraba sus nalgas y las levantaba de la cama para tener acceso a su húmeda cueva. Ella lo animaba para que la penetrase y Cal sentía sus músculos cerrarse a su alrededor mientras no paraba de embestirla hasta que los dos llegaban al orgasmo.

Temblando por esas imágenes tan vívidas, Cal saltó de la cama. Cuando vio que seguía estando tan duro como una piedra masculló una maldición y entró en el cuarto de baño para darse una ducha fría. Después se sentiría mejor.

Acostarse con Emma Jenkins estaba fuera de la cuestión. Arriesgaba mucho, de modo que debía mantener el sexo dentro del pantalón y tratarla como lo que era, la barrera entre su hijo y él.

Después de hablar con ella había descubierto que, para los Jenkins, él seguía siendo un canalla de la peor especie. Lo culpaban por la muerte de Connie, aunque él no había tenido nada que ver.

Y cuando Emma descubriera su verdadera identidad, tendría la pelea de su vida entre las manos.

Afortunadamente, estaba advertido.

Pero no tenía intención de dejar de verla. Seguía pensando que si se ganaba su confianza, Emma se suavizaría y podrían llegar a un acuerdo sobre Logan sin tener que pasar por los tribunales.

Cal hizo una mueca, pensando que seguramente él mismo se había cargado esa posibilidad por mentirle sobre su identidad.

Cuando subió a la camioneta más tarde, sabía a dónde iba. A pesar de que era una locura, no podía esperar más.

***

–No sabes cómo me alegro de verte.

Patrick sonrió, inclinándose para darle un beso en la mejilla a su hija.

–¿Qué pasa, cariño?

Emma señaló a Logan, que estaba en su parque mordiéndole la oreja a uno de sus peluches. Era evidente que había estado llorando porque tenía la cara enrojecida.

–Ah, ya veo, el pequeñajo se ha puesto un poco temperamental.

–¿Un poco? No sabes cómo se ha puesto.

–¿Por qué?

–¿Tiene que haber alguna razón? –suspiró Emma. A veces, cuando el niño se ponía así, se preguntaba si de verdad podría ser una buena madre. Pero nunca dejaría a Logan, por nada del mundo.

Era suyo.

–¿Qué tal si me lo llevo un rato? –preguntó su padre.

–No sabes cómo te lo agradecería, papá. Janet no está y yo tengo muchísimo trabajo.

–¿Por qué no contratas a más gente? Puedes permitírtelo.

–No es eso.

–¿Entonces? Es evidente que te gustaría pasar más tiempo con Logan.

–Sí, en eso tienes razón. No me gusta separarme de él.

–Y eso no es malo, hija. Por eso deberías contratar más personal.

–No sé, me lo pensaré –sonrió Emma–. ¿No has vuelto a saber nada de Cal Webster?

–No, pero estoy pensando contratar un detective para que averigüe su paradero.

–No sé si quiero saber dónde está.

–Entonces no te lo diré.

Emma abrió mucho los ojos.

–No puedes hacer eso.

–No se pueden tener las dos cosas, cariño.

–No, supongo que no –suspiró ella.

–Mira, no te preocupes por eso ahora. Ya te he dicho que no dejaré que Webster se acerque al niño. Tienes que confiar en mí –dijo su padre.

–Y confío en ti, papá. Mira, se está quedando dormido... déjalo, no tienes que llevártelo.

–¿Seguro? Ya sabes que me encanta estar con él.

–Lo sé, lo sé. Pero cuando se despierte estará de uñas.

–Me lo creo –sonrió Patrick Jenkins, acercándose al parque para darle un beso al niño–. Bueno, me voy. Si te vuelve loca, llámame.

Una hora después, Emma estaba trabajando cuando oyó ruido de neumáticos en la puerta. Y al ver a Bubba su corazón se aceleró. ¿Por qué tenía que ser tan sexy?

No quería sentirse atraída por él. Pero lo estaba, no podía negarlo. Cuando se acercaba a ella, le pasaban cosas raras. Y aquel día no era diferente. Llevaba una camiseta vieja que dejaba al descubierto sus bíceps y unos vaqueros bajo los que se podía adivinar...

¿De dónde había salido ese pensamiento? Emma sacudió la cabeza, nerviosa.

–Hoy no tenías que traer ningún pedido.

–Lo sé –contestó él, mirándola de arriba abajo.

–Entonces, ¿qué haces aquí?

–Pensé que lo sabías.

–No, no lo sé –murmuró ella, tragando saliva.

–Sí lo sabes –replicó Bubba–. Pero no me importa decirlo: he venido a verte.

–No me parece buena idea.

–Y seguramente tienes razón –asintió él. Emma parpadeó, sorprendida–. Pero no pienso marcharme.

–Bubba…

–¿Qué, Emma?

–Tú sabes lo que voy a decir –dijo ella, sin mucha convicción.

–¿Quieres que cenemos juntos esta noche?

–No puedo.

–¿Por qué no?

–Tengo a Logan.

–No pasa nada. Él también puede venir.

–No lo entiendes.

–Bueno, pues explícamelo.

–Bubba… –suspiró Emma, exasperada.

–Emma –la imitó él–. Por favor.

Ella se mordió los labios. Pero sabía que estaba a punto de meterse en la boca del lobo.

–Muy bien. Pero será mejor que vengas a mi casa. Yo haré la cena.

Capítulo Ocho

Había vuelto a hacerlo, pensó Emma.

Había hecho lo que le dictaba el corazón en lugar de usar el sentido común. Pero allí estaba, arreglando la casa para la visita de Bubba. Aunque no había nada sucio o desordenado.

Ir corriendo de un lado a otro, colocando cosas y limpiando un polvo inexistente era más bien para calmarse que por otra cosa.

No quería sentirse atraída por Bubba o Bart o como se llamara. Pero cuando él sugirió que cenaran juntos... ¿por qué no había podido decirle que no? Todo lo contrario, se había agarrado a esa invitación como a un clavo ardiendo...

Quizá porque, si era sincera consigo misma, debía reconocer que lo que le gustaría era agarrarlo a él.

Emma cerró los ojos, horrorizada. Deseaba a aquel hombre como no había deseado a ningún otro.

Después de invitarlo a cenar en su casa, Bubba se había quedado callado un momento.

–Me parece muy bien –dijo por fin.

–¿Seguro?

–Más que seguro. ¿Quieres que lleve algo?

–No, no –contestó ella, pasándose la lengua por los labios.

–Yo que tú no haría eso.

–¿Qué?

–Pasarte la lengua por los labios.

–Ah –Emma no sabía qué más podía decir.

Bubba sonrió entonces.

–Me gustas, Emma Jenkins.

Ella, más confusa que nunca, apartó la mirada.

–¿Seguro que no tengo que llevar nada? ¿Cerveza, vino?

–Tengo de todo, no te preocupes.

–Estupendo. Bueno, entonces nos vemos a las...

–Las ocho más o menos –había contestado ella.

Ahora, mientras daba vueltas por la casa preparándose para su llegada, se dio cuenta de que estaba gastando demasiada energía para nada y, enfadada, tiró el trapo del polvo.

En ese momento sonó el teléfono. Quizá era Bubba llamando para cancelar la cita, pensó. Pero cuando miró la pantalla y vio que no era él se sintió aliviada.

–Hola, papá. ¿Qué tal?

–Bien. Tengo comida.

–¿Eh?

–He ido a comprar comida china, pero me he pasado. ¿Qué tal si la compartimos?

–¿Ahora? –preguntó ella, asustada.

–¿Qué clase de pregunta es esa? Pues claro que ahora.

–Pues... es que ahora mismo no puedo –intentó disculparse Emma. No podía decirle que había quedado para cenar con un desconocido. Además, lo que sentía por Bubba era algo pasajero, se le pasaría enseguida. Pensar que aquella relación pudiera llegar a algo era una tontería, de modo que no tenía sentido contárselo a su padre.

–¿Por qué?

–Es que estoy cansada y Logan... ha tardado mucho en dormirse. Lo siento, papá. Otro día, ¿eh?

Emma se mordió los labios. No le gustaba tener que decirle que no porque sabía que también él se sentía solo y quería ver al niño. Además, casi podía imaginar a su padre rascándose la cabeza, preguntándose qué pasaba allí, ya que ella nunca ponía objeciones a sus visitas.

–Hablamos mañana, ¿te parece? –preguntó, al ver que no contestaba.

–Como tú quieras.

Ella dejó escapar un suspiro de alivio. Pero sabía que su padre no estaba contento. Y que, seguramente, tendría la mosca detrás de la oreja.

Afortunadamente, ya había hecho la cena. Nada original, una ensalada de pollo y tomates con queso fresco. Como postre, media docena de pasteles de fresa y mandarina que había comprado en la pastelería.

Iba hacia el dormitorio cuando se detuvo de golpe al oír un gemido por el monitor. De inmediato, entró en el cuarto de Logan y lo sacó de la cuna.

–¿Qué pasa, cariño?
–Mamá –murmuró el niño, poniendo la cabecita sobre su hombro.
–¿Has tenido un mal sueño?
Logan la abrazó con más fuerza.
Emma miró su reloj y comprobó que eran casi las ocho. Pero nada ni nadie la haría abandonar a su niño. Aunque debería peinarse un poco y cambiarse de ropa. Si Bubba la veía en pantalones cortos y despeinada, qué se le iba a hacer. No estaba intentando impresionarlo.
¿O sí?
Incapaz de contestar a esa pregunta, y a otras que le pasaban por la cabeza, se sentó para acunar a Logan. Pero el niño no se quedó dormido enseguida como otras veces. Parecía inquieto.
–No pasa nada, cariño. Mamá está aquí.
Y allí estaría. Siempre.
Desde que su padre le contó que Cal Webster estaba en la ciudad tenía miedo de que entrara en su casa y se llevara al niño.
Ojalá supiera cómo era físicamente. La verdad era que nunca había sentido curiosidad ya que el matrimonio con su hermana duró poco. Pero ahora lo lamentaba. Al día siguiente le pediría una descripción a su padre. Por si acaso.
Por fin, Logan se quedó dormido y, con cuidado, Emma volvió a meterlo en su cuna. Sonriendo, pensó que pronto tendría que comprarle una camita de verdad.
Eso la entristeció. No quería que creciera. Le

encantaba que tuviera que depender de ella para todo. Pero pronto querría hacer las cosas solo, sin su ayuda. Suspirando, Emma salió de la habitación y cerró la puerta. El monitor la avisaría si volvía a despertarse.

Había terminado de cepillarse los dientes y ponerse un poco de brillo en los labios cuando sonó el timbre. Respirando profundamente, Emma salió del baño, intentando no pensar en el roce de sus pezones contra la camiseta.

–Hola –la saludó Bubba.

–Hola.

Él permaneció apoyado en el quicio de la puerta, sus bronceadas facciones turbadoramente sensuales. Como ella, llevaba pantalón corto y una camiseta que, como siempre, dejaba al descubierto sus bíceps. Solo con mirarlo tenía que tragar saliva.

–Pasa –consiguió decir.

–Gracias. Ah, qué bonito.

–A nosotros nos gusta.

–Hablando de nosotros. ¿Dónde está el gamberrillo?

–Durmiendo, aunque espero que despierte en cualquier momento. Es casi la hora de cenar.

–Me alegro.

Ella no respondió porque no sabía cómo. Bubba parecía encariñado con Logan... quizá porque le gustaban los niños. No tenía ni idea porque apenas sabía nada de aquel hombre. Él sabía muchas más cosas de ella y eso no era justo.

–¿Quieres beber algo?

–Una cerveza, por favor.

–Siéntate, vuelvo enseguida.

–¿Necesitas ayuda?

–No, gracias.

–Vuelve pronto.

Emma estuvo a punto de tropezar, pero se recuperó enseguida. Aunque cuando llegó a la cocina tuvo que apoyarse en la encimera, con una mano sobre el corazón. Aquello tenía que terminar, se dijo. Quizá debería tomar al toro por los cuernos, pensó. Agarrarlo por los hombros y darle un beso que lo dejara sin aliento. A lo mejor así se le pasaba.

¿Qué pensaría él?

Colorada como un tomate, sacó dos cervezas de la nevera y las colocó en una bandeja. Luego volvió al salón y la dejó sobre la mesa. Él estaba de pie frente a la puerta de cristal que daba al jardín.

–Si tus otros trabajos son como éste, eres una paisajista estupenda –sonrió Bubba.

–Gracias.

–De nada –contestó él, acercándose.

Emma hubiera querido dar un paso atrás, pero no se movió. Olía muy bien, a colonia masculina, a hombre. Pero tenía que controlarse. Si cerraba los ojos... a saber lo que podría pasar.

Pero, quizá de forma inconsciente, debía haberse inclinado hacia él porque de repente sintió que la agarraba por los brazos. Y el roce de sus manos la hizo sentir escalofríos.

–Esto... ¿quieres la cerveza?

–Olvídate de la cerveza. No llevas nada debajo de la camiseta, ¿verdad?

Emma abrió la boca, pero no podía decir nada. Y menos cuando Bubba deslizó un dedo por sus labios...

–¿No vas a contestar?

–Sí... no –murmuró ella por fin.

–Lo que tú digas.

Casi involuntariamente, apoyó las manos sobre su torso. Se dijo a sí misma más tarde que lo había tocado para apartarlo, pero él seguía acariciando sus labios y a ella le temblaban las piernas...

A partir de aquel momento no podía pensar en nada más ni sentir nada más. Las consecuencias no eran importantes.

Como sorprendido por su beneplácito, Bubba musitó algo que sonó como un gemido y reemplazó el dedo con su boca.

Aunque solo era una suave fricción, tenía el voltaje de un relámpago. Los labios de Emma se abrieron como por voluntad propia al notar el roce de su lengua y un deseo ardiente y profundo, recorrió sus venas, amenazando con consumirla.

Ni siquiera el distante sonido de unas campanitas de alarma consiguió evitar que le echara los brazos al cuello. Fue entonces cuando descubrió lo poderoso que era el deseo.

Nada importaba excepto el fuego que sentía en su interior; un fuego que terminaba entre sus piernas, provocando un placentero dolor, emocionante y totalmente nuevo para ella. Se le encogió el estómago y todo su cuerpo se sentía vivo, despierto ante el más mínimo roce. Por primera vez, descubrió lo que era desear a un hombre de verdad. Y era una sensación que no quería que terminase nunca.

Pero terminó. Porque Bubba se apartó.

–Esto es una locura –murmuró, con voz ronca.

Mortificada, Emma empezó a temblar. Estaba haciendo lo que había jurado no hacer nunca... estaba comportándose como su hermana. Deseaba a un extraño, deseaba estar entre sus brazos, consumiéndose con sus besos.

Que Dios la ayudase.

Capítulo Nueve

–¿Quieres que me vaya? –preguntó Bubba–. Tú decides.

Emma se cruzó de brazos como si ese gesto pudiera detener el temblor que sentía por dentro. Por supuesto, quería que se fuera. Pero no quería. Aparentemente, para él era más difícil entender aquel beso que para ella y eso le molestaba.

¿Tenía algo que esconder, algún oscuro secreto? ¿Y si le había mentido y estaba casado? ¿Y si estaba fichado por la policía o algo así? Al fin y al cabo, no sabía nada de él.

–Emma.

–¿Qué?

–¿Qué quieres que haga? –repitió Bubba.

–Tú verás.

Después de todo, había sido él quien se apartó. Ella no había encontrado fuerzas.

–¿No podemos olvidar...?

–¿Que hemos hecho el amor con los labios?

–¿Eso es lo que hacíamos? –preguntó Emma.

–Dímelo tú.

–Yo nunca había hecho algo así.

–¿Algo así cómo?

Parecía disfrutar atormentándola.

–Besar a alguien que no conozco.

–¿Un extraño quieres decir?

–Exactamente.

–Pensé que nos conocíamos bien.

–Hay muchas cosas que no sé de ti.

–¿Por ejemplo?

–Por qué conduces una camioneta –Emma estuvo a punto de morderse la lengua. ¿De dónde había salido eso? Había sonado tan superficial, tan tonto, tan poco maduro.

Pero si a Bubba le había sorprendido, no lo demostró. Todo lo contrario, estaba sonriendo.

–Solo lo hago hasta que encuentre un trabajo más seguro.

–Cuando te hagas mayor, ¿no?

–Exactamente –rio él–. Y quiero quedarme.

–Pues quédate.

–Pero sin tocarte, ¿no?

–Creo que sería lo mejor –contestó Emma.

–Como tú quieras.

De repente, oyeron un gemido en el monitor.

–Voy a ver a Logan. Vuelvo enseguida.

Mientras levantaba al niño de la cuna, se decía a sí misma que tenía que controlarse. Pero estaba desesperada. No podía dejar de pensar en su hermana... Tenía que poner las cosas en perspectiva. Le gustaba aquel hombre y le había gustado que la besara. No era para tanto.

Antes de que apareciera en su vida, así, sin previo aviso, se sentía absolutamente feliz sin un hombre. Ahora ya no estaba tan segura. Bubba le había despertado algo que ni siquiera sabía que existiera.

Lo más aterrador era que esa emoción desconocida parecía ser su única prioridad. Pero lo más importante era Logan, no ella. Su reputación debía permanecer intacta si quería que el juez le diera la custodia del niño. No quería que nada pusiera eso en peligro.

De modo que mantener una relación con un hombre ahora no sería lo más adecuado. Era hora de ponerse seria, sobre todo por la presencia de Cal Webster en Tyler. Cuando lo localizaran, esperaba que firmase los papeles renunciando a la custodia del niño. Una vez hecho eso, ella podría solicitar la adopción legal y convertirse en la madre de Logan. Entonces estaría segura de que no iba a perderlo.

La idea de que Webster pudiera no firmar esos papeles no le entraba en la cabeza. Pero no podía dejar de pensar que quizá sus planes no iban a salir como ella esperaba...

–Mamá –murmuró Logan, agarrando su camiseta.

–Dime, cariño.

–Espero que no te importe...

Al oír la voz de Bubba, Emma se volvió, sorprendida.

–Pensé que no me habías oído entrar. ¿Puedo?

–Sí, pasa.

–¿El niño está bien?

–Sí, es que tiene hambre.

–Yo también. Pero el niño es lo primero.

–En eso tienes razón –contestó Emma, quizá con más fuerza de la necesaria–. Vamos a la cocina.

–¿Puedo mirar mientras le das de comer?

–Sí, claro.

Con el niño apoyado en la cadera, Emma sacó sus potitos del refrigerador.

–Hombre –dijo el niño, señalando a Cal con el dedo.

Él tiró suavemente del dedito, riendo, y Logan escondió la cara en el pecho de su tía.

–Creo que le caes bien.

–¿Puedo tomarlo en brazos? –preguntó Cal.

–No sé si querrá...

–Sí, claro, es demasiado pronto. Quizá la próxima vez, ¿eh?

El niño le sonrió mientras Emma lo colocaba en la trona.

–Mamá va a darle la comidita a su niño.

–*Ninio* –repitió Logan.

Unos minutos después abría la boca como un pajarito para tomar su puré de patatas con guisantes y ternera.

–Se te da muy bien –dijo Bubba.

–¿Tú crees?

–Sí, lo creo. ¿Y ahora qué?

–¿Cómo?

–¿Vas a meterlo en la cuna?

–Primero tengo que bañarlo.

–Ah, claro, es verdad.

–¿Quieres ver cómo lo baño?

–Claro. No quiero perderme nada.

–Siento que no podamos cenar todavía. Sé que tienes hambre –se disculpó Emma–. Y supongo que la cerveza ya no estará fría.

No sabía por qué se disculpaba. Ella no tenía por qué darle de cenar. No tenía por qué hacer nada.

–No, estoy bien aquí.

En ese momento, Logan tiró una cucharada de puré al suelo.

–Mira la que has organizado, gamberro.

Al niño le pareció divertidísimo, de modo que volvió a hacerlo.

–¿Ah, sí? Muy bien, pues ahora mismo al baño.

–¿Crees que podría tomarlo en brazos ahora? –preguntó Cal–. Mientras tú llenas la bañera.

–Sí, bueno, podemos intentarlo.

No sabía por qué tenía reparos para darle al niño. Quizá porque no quería compartirlo con nadie. Pero eso no era verdad. Lo compartía con su padre todo el tiempo. ¿Dónde estaba la diferencia?

Emma conocía la respuesta. Eran sus propias inseguridades en lo que se refería a los hombres. Nunca había dejado que un hombre se acercara de verdad. El miedo que había creado en ella el comportamiento de su hermana, y el resultado de ese comportamiento, la había obligado a levantar una barrera alrededor de su corazón.

El hecho de que aquel hombre hubiera conseguido romper en parte esa barrera la asustaba. Logan y ella eran un equipo. Y, en aquel momento, no necesitaban más jugadores.

–Muy bien –dijo Cal, levantando al niño cuando empezó a hacer pucheros.

–Cuidado, acaba de comer. Podría vaciar el contenido de su estómago en tu cara.

Él la miró, aterrorizado, y Emma soltó una carcajada.

–Estarás de broma.

–No, qué va.

Justo en ese momento Logan soltó un eructo... y le vomitó en la frente buena parte del puré de patatas con guisantes y ternera.

Incapaz de contenerse, Emma soltó una carcajada y Cal rio también, apretando al niño contra su corazón.

Capítulo Diez

Cal estaba sudando como un cerdo.

¿Qué esperaba? Llevaba toda la mañana arreglando la cerca y eso no era precisamente un trabajo fácil. Agotado, se quitó el sombrero para pasarse un pañuelo rojo por la cara. Si sudaba así ahora, en primavera, a saber qué pasaría en verano.

Cal respiró profundamente y, de repente, se sintió falto de aliento. Quizá la reacción al trabajo duro bajo el sol y a las tensiones que había soportado durante su misión en Colombia.

Muchas veces se había preguntado por qué no se había convertido en forestal para pasear por el campo y estar todo el día al aire libre.

Pero no tenía sentido pensar en eso, decidió, acercándose al roble bajo el que había colocado la botella de agua.

Su capataz lo había ayudado por la mañana, pero después le dijo que se fuera a casa, que ya había trabajado suficiente.

Cal, sin embargo, no había parado. Era importante terminar el proyecto; él nunca empezaba algo sin terminarlo.

Pero la razón para aquel desasosiego era lo que había pasado la noche anterior.

Estaba jugando a un juego muy peligroso y no era con extraños, sino con Emma Jenkins.

Estaba obsesionado con ella. Desde que la conoció no podía dejar de pensar en ella. Adonde iba, Emma iba con él. Si eso no era una obsesión, no sabía qué podría serlo.

–Mierda –murmuró, secándose la frente de nuevo.

Los pájaros cantaban en las ramas del roble, suavemente mecidas por la brisa. Algo con lo que había soñado muchas veces mientras estaba en Colombia. Pero ahora era incapaz de disfrutarlo porque no podía dejar de pensar en Emma. El deseo de besarla era como una agonía continua... por no hablar de lo incómodo que le hacía sentir dentro de los pantalones. Desde que la vio, había deseado acostarse con ella.

Había intentado todas las tácticas posibles para controlar ese deseo porque le hacía sentir cosas que no había sentido ni con Connie ni con ninguna otra mujer.

Pero no había cambiado nada.

Él sabía que por muy tentadora que fuera, debía mantener las distancias. No podía seguir pensando en ella. Era la fruta prohibida. Al menos hasta que se solucionara el asunto de la custodia. Y no quería ni pensar en su reacción cuando supiera quién era en realidad.

Pero ya era demasiado tarde.

Especialmente desde que volvió a besarla.

Cal recordó cuando el niño le vomitó encima y

los dos se partieron de risa. Lo que pasó después había puesto su mundo patas arriba.

Cuando dejaron de reírse se miraron a los ojos. Cal apenas podía respirar. Era como si su capacidad pulmonar hubiera disminuido repentinamente.

–Será mejor que te laves un poco –había dicho Emma, casi sin voz.

Pero ninguno de los dos se movió.

–Lo que tú digas –murmuró Cal por fin, aunque hubiera querido prolongar ese momento.

Pero Logan no quería pasar desapercibido y empezó a tirar de la nariz de su tía.

–No, no, es hora del baño.

–Quizá yo también debería meterme en la bañera –sugirió Cal–. Seguro que apesto.

–Todavía no, pero apestarás si no te lavas la cara.

Él la había seguido al baño, admirando su trasero bajo los pantalones cortos. Y tuvo que hacer un esfuerzo para no darle un azote.

Mientras Emma llenaba la bañera, él se había lavado la cara. Cuando terminó, Logan estaba en el agua, con Emma de rodillas a su lado frotándolo con una esponja. Cal se colocó a su lado, no demasiado cerca. Pero le llegaba el olor de su perfume mientras lavaba al niño, que estaba mordiendo un muñeco de goma.

Habría deseado acariciar la cara de Emma, aprovechar esa intimidad. ¿Cómo reaccionaría ella si lo hiciera?

No iba a saberlo nunca.

–Estate quieto, gamberro. Mamá tiene que lavarte bien, luego podrás jugar.

Logan la miraba, sin dejar de golpear el agua con las manitas.

–Será mejor que te apartes o acabarás empapado –le advirtió.

–Eso no sería lo peor que pudiera pasarme.

–No, ya, después de haber recibido el misil de puré –rio Emma.

–Pero como ves, he sobrevivido.

Ella volvió la cabeza. Si no tuviera el poder de excitarlo con una sola mirada... quizá porque era más voluptuosa que las mujeres que solían gustarle.

Al contrario que su hermana, Emma no era delgada. Sus pechos, aunque altos, eran bastante grandes y estaba seguro de que no le cabrían en la mano. Sus caderas, sus nalgas... en fin, lo hacían salivar.

Solo la presencia del niño evitaba que la tomara por la barbilla y besara esos generosos labios hasta que ella le suplicase piedad.

–Logan, no hagas eso.

Cal levantó la cabeza... y recibió un chorro de agua con jabón.

–Logan, eres muy malo –rio Emma–. Mira lo que has hecho.

Cuando Cal abrió los ojos, ella seguía riendo y su risa era tan seductora... que hizo lo impensable: inclinó la cabeza y buscó sus labios. Los dos parecieron quedarse paralizados un momento, pero cuando metió la lengua en su boca Emma no se resistió. Aquella vez el beso era más apasionado, más profundo, una invasión sensual.

La entrepierna de Cal amenazó con hacer estallar la cremallera del pantalón cuando empezó a acariciarle un pecho, luego otro, apretándolos hasta sentir los pezones endurecidos bajo la tela de la camiseta.

Al no encontrar resistencia, siguió besándola, imaginándola desnuda en el suelo, las piernas enredadas con las suyas mientras introducía el miembro duro en su dulce cueva...

Fue Logan de nuevo el que detuvo aquella locura al lanzar un grito de protesta por no ser el centro de atención. Cal se apartó y los dos miraron al niño.

–Logan...

–¿Eso es lo que suele hacer para llamar la atención?

–Eso parece –respondió ella, sin mirarlo.

Los dos se quedaron en silencio mientras él miraba su perfil, preguntándose si lo había estropeado todo.

–Mira, creo que es mejor que te vayas –dijo Emma entonces.

–Sí, supongo que tienes razón.

Otro silencio.

–Mírame, Emma.

–No quiero.

–No pienso irme hasta que me mires.

–Por favor, vete.

Cal no discutió. Hizo lo que ella le pedía y solo cuando subió a su camioneta se percató de que no había comido nada. Daba igual, se dijo a sí mismo. No podría haber probado bocado de todas formas. Lo único que quería era emborracharse…

De repente, un zumbido lo sacó de su ensimismamiento. Era una avispa y Cal la apartó de un manotazo, enfadado consigo mismo.

–Ah, al demonio con la cerca –murmuró.

Estaba agotado y recordar lo que había pasado con Emma no servía de nada, todo lo contrario. Lo que estaba hecho, hecho estaba. Y fuera una locura o no, se daría una ducha y luego iría a ver a su hijo.

Y a Emma.

Y a Logan.

Estaba loco por Emma, pero también por su hijo… aunque de forma diferente, claro. Él no sabía nada de niños porque nunca había sentido el deseo de enfrentarse con esa responsabilidad, de crear ese lazo irrompible.

Quizá porque era demasiado egoísta. Fuera cual fuera la razón, el pasado ya no contaba. El niño era un encanto y él deseaba ser parte integral de su vida.

De modo que, después de recoger las herramientas, se dirigió hacia la casa, su paso más decidido que nunca.

***

–¿Suele comer tierra?

Emma puso los ojos en blanco.

–¡Logan, deja eso ahora mismo!

Cal rio.

–No te hace ni caso.

Emma asintió con la cabeza. Logan no le hacía ni caso y Bubba tampoco. No sabía por qué había aceptado volver a verlo.

–¿En qué estás pensando?

–Que tengo que meter a Logan en la cuna y no sé cómo voy a hacerlo.

–Buena suerte.

–Voy a necesitar algo más que suerte. Un milagro más bien.

Él soltó una carcajada y luego le guiñó un ojo. Pero antes de que pudiera ver el fuego que esa carcajada había despertado en sus ojos, Emma apartó la mirada.

–Puedes intentar huir, pero no servirá de nada.

–No sé a qué te refieres.

–Sí lo sabes.

«No», se dijo a sí misma. «No te rindas». La había besado dos veces y si no tenía cuidado habría un tercer incidente y un cuarto...

Aún no sabía por qué se sentía tan atraída por él. Y, para empeorar las cosas, allí estaban, en el parque, juntos. ¿Pensaba que podía salir algo bueno de una relación con aquel hombre? Claro que no. Solo estaba de paso en su vida.

Quizá no debería sentirse satisfecha solo con un par de besos. Quizá debería tener una aventura apasionada con él. Quizá así podría volver a su vida normal, una vez satisfecha. Aunque la intrigaba y la excitaba, no podía haber futuro para ellos porque no había futuro con un hombre que era un misterio.

Por eso, mayor razón para no acostarse con él, se dijo.

–Hoy estás muy guapa.

–Gracias.

No se había arreglado especialmente aquel día. Llevaba unos pantalones pirata de color fresa y un top a juego que dejaba su ombligo al descubierto.

–De nada –contestó él.

Incapaz de soportar la tensión, Emma levantó a Logan que, inmediatamente, se puso a corretear por el césped. Salió tras él, pero el niño tropezó y empezó a gritar.

–Cariño...

Entonces vio que tenía sangre en la ceja y se quedó paralizada de miedo.

–¿Qué pasa? –preguntó Cal, arrodillándose a su lado. Enseguida vio lo que había pasado y, sin dudarlo, tomó al niño en brazos–. Vamos al hospital.

Veinte minutos después, en Urgencias, esperaban con el pañuelo de Cal sobre la herida.

–No pasa nada, cariño –susurraba Emma, furiosa consigo misma por no haber llegado a tiempo. Si no hubiera estado pensando en Bubba aquello no habría pasado. Eso la ponía enferma... tanto que estaba a punto de vomitar. Nerviosa, puso al niño en los brazos de Bubba.

–Me encuentro mal. Vuelvo enseguida.

En cuanto llegó al baño vació su estómago en el inodoro. Luego, después de enjuagarse la boca, sacó el móvil del bolso.

Cuando volvió a la sala de espera, Logan estaba llorando.

–¿Estás mejor? –preguntó Cal.

–Sí, estoy bien.

–No lo parece.

–¿Por qué tardan tanto? –murmuró Emma, mirando alrededor.

–Somos los siguientes –dijo él.

–¿Crees que tendrán que darle puntos?

–No, seguro que no.

Ella dejó escapar un suspiro.

–La idea de que tengan que pincharle me pone enferma.

Bubba abrió la boca, pero volvió a cerrarla, con una extraña expresión. Emma siguió la dirección de su mirada y vio a su padre entrando en el hospital en ese momento.

–Ah, gracias a Dios que has venido.

–¿Esto es una broma o qué? –exclamó Patrick Jenkins, furioso.

Emma se puso pálida al ver cómo miraba a Bubba, que se había puesto de pie.

–Que mi hijo se haya hecho una herida no es ninguna broma...

–No estoy hablando de Logan. Estoy hablando de este sinvergüenza –contestó su padre, señalando a Bubba.

–¿Qué?

–¿Es que estás sorda?

–¿Sabes algo de Bubba que yo no sepa?

–¡Bubba! –exclamó Patrick Jenkins–. ¿Qué es eso de Bubba? Este es el exmarido de tu hermana, Cal Webster.

Capítulo Once

Emma lo miró, horrorizada.

Luego, una combinación de mareo y náusea se apoderó de ella.

–Maldita sea, Emma –exclamó Patrick, tomándola del brazo–. No te atrevas a desmayarte. Este hijo de perra no lo merece.

Las palabras de su padre la sacaron de su aturdimiento. Aunque hundida por dentro, apretó al niño contra su corazón y miró a su excuñado.

–¿Cómo te atreves? ¿Cómo te atreves a engañarme, canalla?

–No era mi intención –intentó disculparse Cal.

Emma rio amargamente.

–Oh, por favor…

Patrick le pasó un brazo por los hombros.

–Pierdes el tiempo hablando con este hijo de perra. No merece la pena. No le debes nada.

–Sí, eso es verdad, no me debe nada –asintió Cal.

Ella seguía mirándolo con odio.

–Tenías que saber que, tarde o temprano, averiguaría quién eras.

Estaba temblando. Aunque hacía un esfuerzo, sus piernas apenas podían sujetarla.

–Tenía intención de decirte quién era...

–Sí, seguro.

–Vete de aquí –le ordenó Patrick–. Ahora mismo.

–¿Eso es lo que quieres, Emma? –preguntó Cal.

Ella querría abofetearlo, querría arañarle la cara, pero no hizo ninguna de las dos cosas.

–Solo quiero que desaparezcas. No quiero volver a verte en toda mi vida.

–Me temo que eso no va a ser posible.

Emma se puso colorada al entender que sus peores miedos se habían hecho realidad. Pero ella nunca había sido una cobarde y no pensaba serlo ahora, cuando había tanto en juego.

Su hijo estaba en juego.

«Pero no es mi hijo. Aún no».

Se le doblaron las piernas ante ese pensamiento. Pero los gemidos de Logan desviaron su atención.

–No pasa nada, cariño. Estás con mamá.

–¿Dónde está ese maldito médico? –exclamó Cal.

–No vas a quedarte aquí. No tienes derecho...

–Tú sabes que sí lo tengo.

–No sabemos si Logan es hijo tuyo.

–Mientras mi apellido esté en su partida de nacimiento, es hijo mío –replicó él.

–Vete de aquí, Cal.

–Me iré cuando hayan atendido a mi hijo.

Emma oyó entonces que la llamaban desde recepción y salió de la sala de espera apretando al niño contra su pecho. Solo cuando entraba en la consulta se dio cuenta de que no estaba sola.

–¿Qué haces aquí?

–Te he dicho que no pensaba irme.

Aunque tuvo que apretar los dientes para no decir lo que pensaba, se calló. Además, no le quedaba energía. Estaba agotada y, afortunadamente, el médico apareció enseguida.

–Bueno, ¿qué tenemos aquí?

Aliviada, Emma le dio la espalda a Cal y se concentró en contarle al médico lo que había pasado.

Veinte minutos después salía del hospital con un agotado niño en brazos y su padre protegiéndolos como si fuera un guardaespaldas. Afortunadamente, la herida de Logan no era importante y ni siquiera habían tenido que darle puntos.

–Pero no le deje solo en veinticuatro horas –le había recomendado el doctor Jacobs–. Debe vigilarlo.

–¿Por qué?

–Si le duele el estómago o empieza a sudar, llámeme. Podría tener una leve conmoción cerebral...

–Pero no cree que eso pueda pasar, ¿verdad? –Emma no se molestó en disimular su pánico.

–No. De ser así, lo mantendría en observación toda la noche. Pero sería una negligencia no alertarla sobre esa posibilidad.

Con eso en mente, Emma decidió que no cerraría los ojos en toda la noche. De modo que no podría dejar de pensar en Cal y en cómo la había engañado...

Maldito fuera.

–Entra, cariño –dijo Patrick.

Entonces se dio cuenta de que habían llegado al coche de su padre. También vio que Cal los había seguido. Furiosa por su continua intrusión, se volvió hacia él.

–Te lo digo otra vez, aléjate de nosotros.

–No, imposible.

–No tienes alternativa. Logan es mío.

–Eso lo decidirá un juez.

–Eres un canalla.

–Eso te lo concedo.

–Así que tienes conciencia después de todo.

–Siento haberte engañado, pero tenía que ver a mi hijo. No pienso abandonarlo y eso no es negociable.

Después de hacer ese anuncio se dirigió a su camioneta. Ella no se movió hasta que lo vio salir del aparcamiento.

–Entra –insistió su padre–. Y no te preocupes. Ese bastardo no volverá acercarse ni a ti ni a Logan.

–Pero... ¿y si el juez le da la custodia a él?

–Eso no va a pasar. Mi abogado se encargará de todo.

Emma no contestó. En lugar de decir nada, inclinó la cabeza para besar al niño.

***

–No va a ser fácil, eso desde luego.

Aunque Emma lo sabía, no quería que el abogado de su padre lo pusiera en palabras. Aunque tampoco quería vivir engañada.

–Maldita sea, Russ, ¿de qué lado estás? –exclamó Patrick, furioso. Pero Russ Hinson, un famoso abogado de Tyler, no se dejó afectar por el tono autoritario.

–Tú sabes de qué lado estoy –suspiró, levantándose.

–¿Estás diciendo que no podemos hacer nada? –preguntó Emma.

–Estoy diciendo que no va a ser fácil, nada más –contestó Russ.

–¿Por qué demonios no podemos hacer nada? –preguntó Patrick, como decidido a tener la última palabra–. Para eso te pago mucho dinero al año.

–El dinero no puede comprarlo todo, papá.

–Claro que puede.

–Emma tiene razón –intervino Russ–. El dinero no es la cura para todo y tú lo sabes.

–¿Estás diciendo que ese... ese hombre podría quedarse con mi hijo? –preguntó Emma.

–No es tu hijo, Emma. Tú solo eres su tutora legal. Temporalmente.

Aunque el abogado había contestado con dulzura, ese recordatorio fue como un puñal en su corazón.

–¿Podría ser tutora legal para siempre?

–No, en estas circunstancias no.

–¿Y qué hacemos, Russ?

–Pelear por la custodia del niño.

–Pero acabas de decir que…

–Vamos a ver. Aunque hay muchas posibilidades de que le den la custodia a Cal Webster, eso no pasará de inmediato.

–¿Seguro?

–Confía en mí, Emma. Y tú también, Patrick. Voy a hacer todo lo que pueda por vosotros. Y por Logan.

–Confío en ti, pero… –empezó a decir ella.

–Lo primero es asegurarse de que Webster es el padre biológico del niño. Para eso habrá que hacer una prueba de ADN. Si no la hacemos, todo esto no servirá de nada.

–Eso es verdad.

–¿Y cómo vas a tratar con Webster? –preguntó Patrick–. Quiero a ese hijo de perra colgado del cuello.

–Pensé que estábamos hablando de Logan.

Emma observó que su padre se ponía pálido. No le gustaba que le llamaran la atención y, gracias a su dinero y su prestigio, estaba acostumbrado a que la gente hiciera siempre lo que él quería. Y aunque su comportamiento a veces hacía que se sintiera incómoda, aquel no era uno de esos días. Si el dinero de su padre podía hacer que Logan fuera suyo, mejor.

–De eso estamos hablando, maldita sea.

–Papá, por favor, deja que Russ lo haga a su manera.

–Muy bien, lo haremos como tú quieras, hija.

–Yo tengo que irme –dijo Emma, levantándose–. Quiero llevarme a Logan a casa lo antes posible. Llamadme para decirme lo que tengo que hacer.

–Tú serás la primera en saberlo. Hasta entonces, no te preocupes. Todo va a salir bien –le aseguró Russ.

Poco después, tumbada en el sofá con un vaso de leche caliente en la mano, Emma no podía dejar de pensar en la conversación que habían mantenido en el bufete.

Aunque era la hora de irse a la cama, sabía que le resultaría imposible dormir. Y estaba en lo cierto. Era más de medianoche y allí estaba, sentada en el salón, con los ojos abiertos.

Por miedo.

A Cal Webster.

De nuevo, no podía creer que hubiera sido tan ingenua, que no hubiera visto que el tal Bubba era un lobo con piel de cordero. Y pensar que había querido acostarse con él, tener una aventura con él... Pero, ¿cómo iba a saberlo?

Aunque no podía contestar a esa pregunta, no dejaba de reprochárselo.

Y lo peor de todo era que seguía encontrándolo atractivo. Incluso le dio un poco de pena cuando su padre le habló de esa manera...

–Déjalo –murmuró para sí misma. No era momento para sentir nada que no fuera desprecio y rabia. Desde que había descubierto su verdadera identidad y su traición, Cal se había convertido en el enemigo.

Pero no podía dejar de pensar en cómo la hacía sentir, cómo había deseado sus besos... Cuando acarició sus pechos, se preguntó cómo sería tenerlo dentro, montándola hasta que los dos llegaran al orgasmo.

Un gemido mortificado escapó de sus labios.

¿Cómo podía pensar esas cosas sabiendo que podría robarle a su hijo? ¿Era ella igual que su hermana después de todo?

De repente pensó... su hermana. ¿Cómo podía pasarle por la cabeza acostarse con el exmarido de su hermana? La idea debería ser repulsiva y asquerosa, pero...

Emma cerró los ojos, angustiada.

No sabía cuánto tiempo había estado así, lo que sí sabía era que no iba a rendirse. Si Cal Webster quería pelea, tendría pelea.

–No dejaré que me quite a mi hijo. No le dejaré.

Capítulo Doce

Cal se sentía fatal.

Odiaba sentirse así. De hecho, estaba completamente agitado, incapaz de pensar en otra cosa que en la escena del hospital y en el odio que había visto en los ojos de Emma.

Su yegua piafó y Cal se percató entonces de que estaba parado en medio del prado, mirando hacia el este donde el sol empezaba a asomarse de la forma más increíble. Aunque su yegua parecía impaciente e inquieta, Cal decidió admirar el amanecer.

Qué preciosidad, pensó, suspirando. Había echado tanto de menos ver amanecer mientras trabajaba como agente clandestino. Por eso no se cansaría nunca de estar al aire libre. Donde mejor pensaba era rodeado por la naturaleza.

Pero pensar era precisamente algo que no necesitaba hacer en aquel momento.

Nada había salido como él esperaba y se sentía horriblemente culpable. Por fin, golpeando los flancos de la yegua con los talones, Cal la guio hacia un árbol y desmontó antes de sacar el termo de la silla. Su intención era terminar de reparar la cerca. De nuevo, Art se había ofrecido para ayudarlo y él le había dicho que no, que lo haría solo. Necesitaba hacer ejercicio para aclararse la cabeza y dejar de pensar en Emma.

Pero sospechaba que eso no iba a pasar.

De nuevo, dejó escapar un suspiro. De repente, la idea de arreglar la cerca ya no le parecía tan apetecible como antes. Quizá debería dejar que Art lo hiciera después de todo.

–No –murmuró, sacando el martillo y los clavos.

Un par de horas después estaba de vuelta bajo el viejo roble, con el corazón acelerado y un poco mareado por el sol. Tuvo que tomar dos botellas de agua antes de sentirse bien otra vez.

O más o menos bien.

Tendría que buscar una forma más sencilla para dejar de pensar en Emma y Logan. No podía seguir castigándose así.

Por mucho que lo intentara no desaparecían de su cabeza... ni de su corazón. Era como si estuvieran grabados allí de forma permanente.

–Maldita sea –murmuró, quitándose el sombrero.

¿Por qué se sentía como el malo de la película?

Sí, le había mentido a Emma, aunque había sido sin intención. Había mentido y lo lamentaba. Pero era demasiado tarde. Lamentarse no cambiaría nada. Lo que lo tenía tan nervioso era que su abogado había conseguido la primera vista oral para el día siguiente.

No tenía más remedio que seguir adelante para

conseguir derechos de visita. Más tarde habría un juicio... a menos que Emma y él pudieran llegar a un acuerdo.

Pero eso no iba a pasar. ¿Por qué? Porque aunque él definitivamente quería a su hijo, también quería a Emma. No quería a uno sin el otro. Admitir eso lo dejó tan sorprendido que se puso a temblar. De hecho, no podía creerlo.

No había visto más que odio en los ojos de Emma en el hospital y sabía que sus sentimientos no iban a cambiar de un día para otro. Desde que se conocieron, él había esperado que pudieran llegar a una solución amistosa en lugar de tener que depender de un juez...

Pero eso era imposible ahora.

Al no ser sincero con ella, se había cargado esa posibilidad. Nunca volvería a confiar en él. Y era comprensible. Si fuera al revés, él sentiría lo mismo.

A nadie le gustaba quedar en ridículo y eso era exactamente lo que le había hecho a Emma. Si no sintiera nada por ella todo sería más fácil. Si pudiera... si pudiera... Pero podía jugar a ese juego durante toda su vida y no cambiaría nada.

Solo lo haría sentir más culpable.

Una hora después volvió a su casa y encendió el móvil. Tenía una llamada de su antiguo jefe que le hizo arrugar el ceño. Hablaría más tarde con él.

Había esperado que fuera Emma.

–Eso no va a pasar, Webster. Has metido la pata y ya no hay forma de arreglarlo.

Después de salir del hospital, sintiéndose como muerto por dentro, había ido a hablar con Hammond para decirle que empezara de inmediato con el proceso. Afortunadamente, el abogado se puso a trabajar enseguida.

Si Patrick no hubiera estado involucrado, quizá las cosas serían diferentes. Pero como el viejo estaba allí, sería una pelea a muerte.

A Cal no le caía bien Patrick ni antes ni después de casarse con Connie. Y ahora le gustaba mucho menos. Patrick Jenkins se creía demasiado importante.

¿Cómo demonios era posible sentirse atraído por dos hermanas?, se preguntó entonces. El hecho de que Connie y Emma fueran hermanas era increíble.

Aunque debería ir a un psicólogo para resolver su predicamento, tenía que seguir adelante fuera cual fuera el resultado.

Además, no había comparación entre Connie y Emma. El deseo, no el amor, fue la razón por la que se casó con Connie. Pero desapareció enseguida.

Aunque no estaba enamorado de Emma, sentía por ella algo más que deseo. Le gustaba a rabiar, pero también sentía ternura, necesidad de protegerla, de cuidarla.

Ahora mismo, pensando en sus labios y en sus voluptuosos pechos, empezó un incendio entre sus piernas que amenazaba con consumirlo. Deseaba besar y chupar cada centímetro de su cuerpo...

Ese incendio fuera de control en la parte inferior de su cuerpo fue lo que lo obligó a hacer algo que, hasta entonces, le parecía imposible.

Cal marcó el número de Emma, con el corazón en la garganta. No sabía qué iba a decirle o cómo respondería ella. O si le contestaría siquiera, pero...

–¿Qué quieres?

La sorpresa al oír su voz lo dejó sin habla durante unos segundos. Aunque la hostilidad era evidente, no iba a perder el valor. Había mordido la bala y no pensaba escupirla... antes de decir lo que tenía que decir.

–Quiero verte.

–Pues yo no quiero verte a ti.

Cal se pasó una mano por el cuello, pero no le ayudó nada. Estaba tenso. Tenía que calmarse si quería conseguir algo, se dijo.

–Mira, Emma, ¿si te digo que lo siento serviría de algo?

–¿Tú qué crees?

–No.

–Pues no hay nada más que decir.

Cal apretó los labios mientras intentaba pensar en otra estrategia que la aplacase un poco. Aunque tal y como estaban las cosas, la comunicación era imposible.

–Por favor, no vuelvas a llamar –dijo Emma entonces.

–Tenemos que hablar. No hay más remedio.

–Te equivocas, Cal.

Él hizo una mueca al oír cómo pronunciaba su nombre, como si estuviera saboreando algo amargo y desagradable. Aquello estaba siendo más difícil de lo que había pensado. Pero no había pensado, ese era el problema.

–Tú has elegido y yo también –siguió ella.

–Eso no es aceptable para mí.

–Pues lo siento.

–No quería hacerte daño, Emma.

–Me mentiste, Cal. Me traicionaste.

–Lo sé y lo siento.

–¿Por qué lo has hecho?

–¿Me creerías si te dijera que no lo sé?

–No.

Cal dejó escapar un suspiro.

–No quiero pelearme contigo por Logan. Especialmente delante de un juez.

–Yo tampoco quiero eso.

–Entonces, vamos a hablar.

–No puedo –contestó ella–. Quieres quitarme a mi niño.

–Ahora mismo, lo único que quiero es el derecho de ver a mi hijo.

Silencio.

–¿No podríamos olvidarnos de abogados y solucionarlo entre nosotros?

Otro silencio.

–Emma, por favor.

–Lo siento, Cal. No creo que eso sea bueno para Logan.

Él apenas podía contenerse. Pero perder la paciencia ahora no serviría más que para empeorar las cosas.

–Espero que sepas lo que haces, Emma.

–Lo mismo digo.

Después de esa tumultuosa respuesta, ella colgó, dejándolo con el teléfono en la mano, mirando al vacío.

No había servido de nada, por supuesto. Si quería ver a Emma de nuevo... tendría que ocurrir un milagro. Y después de todo lo que había visto en su vida, Cal sabía que los milagros no existían.

Furioso, soltó una palabrota cuando oyó un golpe en la puerta. Lo que le faltaba, pensó. Pero se quedó helado al ver quién era.

–¿Que haces aquí?

–¿Es ésa forma de saludar a tu jefe?

–Exjefe, perdona.

Tony Richards se encogió de hombros.

–Algo me dice que no te alegras de verme.

Cal no se molestó en contestar.

–¿No vas a invitarme a entrar?

–No veo razón para hacerlo.

Y lo decía en serio. La última persona a la que quería ver en ese momento era aquel hombre. A Tony le daba igual todo excepto su trabajo. Era lo único importante en su vida.

De modo que no podían ser más diferentes.

–Ahora sé por qué se han librado de ti en la agencia, Cal. Eres un imbécil.

–No se han librado de mí, yo me he librado de ellos.

Tony se encogió de hombros.

–Lo que sea.

–Busca a otro para terminar el trabajo –dijo Cal entonces.

–No puede ser. Es tu caso, tienes que terminarlo tú. Eres el único que puede hacerlo.

–¿Y si me niego?

–Los dos sabemos que no puedes negarte.

–Maldita sea, Tony, no necesito esto ahora mismo.

Ese es tu problema, no el mío –contestó su exjefe, entrando sin esperar invitación–. Siéntate, tenemos que hablar.

Conteniendo un escalofrío, Cal cerró la puerta y se apoyó en la pared de la chimenea, con los brazos cruzados.

–Estoy escuchando –dijo con frialdad.

Capítulo Trece

Emma había llorado hasta que no le quedaron lágrimas.

Pero sus sollozos no podrían cambiar nada. Acababa de tener lugar la vista y ella había perdido. Cal había conseguido los derechos de visita y ella no tenía más alternativa que aceptar.

El juez, a quien su padre consideraba un amigo, los había defraudado. Había tomado la decisión sin tomarlos en cuenta, sin discusiones. Cal había ganado y nada más.

Emma sospechaba que la insistencia para que Cal se hiciera una prueba de ADN seguramente había tenido algo que ver con la decisión del juez. Porque la prueba había demostrado a las claras que Logan era hijo suyo.

Aun así, su padre se quedó lívido, sintiéndose traicionado por un amigo de toda la vida.

Como resultado, Emma había tenido que sujetarlo para que no fuera a su despacho después de la vista para decirle cuatro cosas.

–Ni lo pienses, papá, no puedes hacerlo.

–¡Pero es mi amigo! ¿Cómo ha podido hacerme esto?

–No lo sé –susurró ella.

Pero estaba segura de que el juez Rivers no se lo pensaría dos veces y lo mandaría a la cárcel si intentaba atacarlo verbal o físicamente.

Eso habría sido insoportable para ella. Su padre era la persona en la que se apoyaba, lo necesitaba a su lado.

Como si intuyera lo que estaba pensando, Patrick se calmó un poco.

–Tengo que hacer algo. Quizá debería vérmelas con Webster...

–No, papá, por favor –le rogó ella–. Aléjate de él.

Aunque Patrick había asentido con la cabeza, sospechaba que una vez solo haría lo que le viniera en gana.

En cuanto a ella, no había mirado a Cal ni una sola vez durante la vista. Solo después de que el juez dictase el veredicto, sus miradas se habían cruzado un momento.

Solo pensar en esos segundos la llenaba de vergüenza. En lugar de mirarlo como si no estuviera allí, como si no fuera nadie, había observado atentamente su expresión y lo que llevaba puesto: una camisa blanca, vaqueros nuevos, botas.

Y había visto un brillo de dolor en sus ojos que le encogió el corazón. No quiso reconocerlo en ese momento, pero...

Pero nada. No quería sentir nada por él más que odio y desprecio.

¿Cómo iba a soportarlo? ¿Cómo iba a soportar ver a Cal cada vez que fuera a buscar a Logan?

Aunque la respuesta era inconcebible, sabía que haría lo que hacía siempre que alguna crisis amenazaba su tranquilidad: sencillamente, buscaría dentro de sí valor para soportarlo.

Pero estaban hablando de su hijo. «Aún no lo es», le dijo una vocecita. «Quizá no lo será nunca», añadió esa misma vocecita después. Emma se tapó las orejas con las manos, rezando para no pensar, para dejar de sentir.

Eso no ocurrió. Le dolía el estómago y, por un segundo, pensó que iba a vomitar. Aunque sería imposible porque no había comido nada.

Pero no podía perder a su hijo y veía los derechos de visita de Cal como el primer paso para eso. Si al final ganaba la batalla por la custodia, se llevaría a Logan del país.

Y ella quería morirse.

Emma dejó escapar un largo suspiro, pero tampoco la ayudó nada. Desde que salieron del Juzgado, había esperado que Cal apareciera en su casa, sabiendo que solo era una cuestión de tiempo.

Pensar que tenía permiso para ver a Logan a solas la ponía enferma. Aunque el niño no sería receptivo. Se pondría a llorar. Pensar en las lágrimas del niño hizo que se diera cuenta de que ella misma estaba llorando. Otra vez.

Quizá Cal cambiaría de opinión. Quizá decidiría que eso no era bueno para Logan. Por supuesto, eso no iba a pasar. Pero pensarlo la animaba un poco.

Cal Webster tenía derecho a ser parte de la vida

de su hijo. Pero la idea de que se lo llevara a algún país remoto era inconcebible. No podía pasar.

Pero podía pasar.

Emma había visto muchos casos en televisión sobre hombres y mujeres que habían perdido a sus hijos porque su esposo o esposa se los había llevado a otro país. Pero eso no podía pasarle a ella.

«Que no me pase a mí, Dios mío, que no me pase a mí», rezaba.

Fue entonces cuando sonó el teléfono. Estuvo a punto de no contestar, pero cuando vio quién llamaba respondió, con el corazón en la garganta.

–Hola, Russ.

–Ya tengo fecha para el juicio.

–¿Tan pronto?

–Sí. Según su abogado, Webster no tiene mucho tiempo.

–Pues qué pena –replicó Emma, con amargura.

–Sé lo que sientes, pero no tires la toalla todavía.

–Eso es lo último que voy a hacer, Russ. Pienso luchar hasta el final. Haré lo que tenga que hacer para conservar a Logan.

–A mí no tienes que convencerme. Estoy de tu lado, ¿recuerdas?

–Entonces, ¿por qué puede Cal ver a mi hijo?

–Emma…

–Lo siento, Russ. De verdad, perdona, sé que no has podido hacer nada.

–Sé que tienes miedo de perder a Logan. Y te entiendo. Después de todo, yo también tengo hijos. Pero los derechos de visita no tienen nada que ver con la custodia. El juez Rivers no va a quitarte a Logan de los brazos... por el momento.

Por el momento. Eso era lo que la volvía loca.

–Gracias, Russ.

–Apunta la fecha.

Con dedos temblorosos, Emma obedeció.

–Por cierto, ¿Webster ha ido a ver a Logan?

–No.

–Eso me sorprende.

–A mí también. Cada vez que suena el timbre pienso que será él.

–Aparecerá cuando menos te lo esperes.

–Eso es lo que me temo.

–Tranquila, Emma. Como te he dicho antes, esto acaba de empezar.

–En otras palabras, que nos queda mucho que sufrir, ¿no? –suspiró ella.

–Tranquilízate. Si mantienes la calma, al final tú serás la ganadora.

Después de colgar, Emma se llevó una mano al estómago. Como precaución, corrió al baño, pero se detuvo en medio del pasillo, sorprendida.

–¡Maldita sea! –exclamó, al ver que había agua en el suelo. Seguramente la llave de paso había vuelto a aflojarse.

Tomando una toalla, se puso de rodillas para secar el charco, lágrimas de frustración rodando por su rostro.

–Espera, lo haré yo.

Emma se quedó paralizada. No podía ser.

¿Cal?

Imposible. Tenía que ser una alucinación.

–Hola, Emma.

Era Cal. Hablando con esa voz suya tan masculina, tan ronca, tan excitante. ¿Cómo podía sentirse excitada por aquel hombre que era el enemigo?, se preguntó, furiosa consigo misma.

–¿Qué haces aquí?

–Por lo visto, arreglar una llave de paso estropeada –contestó él, inclinándose para echarle un vistazo. Al ver aquel trasero tan apretado, Emma lo imaginó desnudo y a ella acariciando sus nalgas...

Morderse los labios fue lo único que pudo hacer para no lanzar un grito de horror. Nunca se había sentido más avergonzada en toda su vida.

–Voy a ver cómo está Logan –murmuró, para escapar.

Una vez en la habitación, se agarró a los barrotes de la cuna con fuerza. Y fue así como la encontró Cal unos minutos después.

–Creo que ya está arreglado. Y el suelo está seco.

–Gracias –murmuró Emma, sin volverse.

–De nada.

Silencio.

–Mira, siento haber entrado sin avisar...

–¿Y por qué lo has hecho?

–He llamado, pero no me oías. La puerta estaba abierta y...

–Yo nunca dejo la puerta abierta.

–Me alegro.

Otro silencio.

–¿Qué estás haciendo aquí, Cal?

–Tú sabes la respuesta a esa pregunta.

–Me habría gustado que llamaras antes de venir.

–Pensé que sería más fácil aparecer sin avisar.

–¿Más fácil para quién?

–Mira, Emma, no quiero empezar una guerra…

–¿Y qué es lo que quieres entonces? –lo interrumpió ella. Una pregunta tonta, se dijo a sí misma.

–Por ahora, ver a mi hijo.

–Está durmiendo.

–Entonces, esperaré hasta que despierte.

–¿Y si yo no quisiera?

–Esperaré de todas formas –contestó Cal.

Capítulo Catorce

Emma sintió frío de repente; tanto frío que le costaba trabajo evitar que le castañetearan los dientes.

–Mira, lo último que deseo es hacerte más daño.

Ella notó la angustia y la frustración en el tono de Cal, pero no podía dejar que eso le afectase. Tenía que permanecer fuerte para conservar intacto su corazón.

–Sí, seguro.

–Puedo leer tus pensamientos, Emma. Sé qué piensas que soy el lobo feroz que ha venido a robarte a Logan para siempre.

–¿Y no es así?

–No. Esa no es mi intención.

Emma se mordió los labios para que no le temblasen. Aquello era imposible. Se sentía inepta, incapaz de contestar.

–Pero tampoco puedo marcharme. Y si fuera al revés, tú harías lo mismo.

–Entonces, ¿qué?

–Podemos solucionarlo –Cal se pasó una mano por el pelo–. Sé que podemos. Pero aún no sé cómo.

–Yo sí –dijo ella–. Márchate.

–¿Y tú te quedarías con Logan para siempre?

Emma no respondió, pero él sabía la respuesta.

–Eres la mujer más testaruda que he conocido nunca.

–Si te importase Logan no harías lo que estás haciendo –Emma estaba intentando apelar a su lado más sensible, a su conciencia, a lo que fuera–. Lo digo en serio márchate y déjanos en paz.

–Tengo derechos de visita.

–Lo sé. Pero da igual, márchate.

–No voy a hacerlo. No pienso irme hasta que vea a mi hijo.

Emma temía que eso fuera verdad. Que una vez metido el pie no se marcharía nunca. ¿Quién dejaría a Logan, un niño tan precioso? ¿Qué clase de persona haría eso?

–Sé que no puedo impedírtelo, pero... –Emma no terminó la frase. Sabía que no podía hacer nada. El juez había dictado sentencia y no podía negarle acceso al niño. Ni entonces ni al día siguiente.

Aunque quería esconder su miedo, temiendo que lo usara como arma contra ella, estaba segura de que no podría hacerlo.

–Nada de peros, Emma. Eso es lo que ha dicho el juez y eso es lo que va a pasar. Pero intentaré no molestarte, te lo prometo.

–¿Y cómo piensas hacer eso?

–Esperaré en el salón, supongo –suspiró Cal.

Cuando iba a contestar, Emma vio que Logan se levantaba.

–Mamá –murmuró, medio dormido.

–¿Cómo estás, gamberrillo? –preguntó él.

Logan contestó con una sonrisa y luego se puso a dar saltos en la cuna.

–¿Puedo tomarlo en brazos? No, no, déjalo. Mejor no.

–De todas formas, el niño no querría –murmuró Emma.

Cal levantó una ceja antes de extender los brazos hacia su hijo.

–Vaya, vaya, qué grande te estás haciendo.

Ella miraba la escena, esperando que Logan se pusiera a llorar de un momento a otro. Pero, para su sorpresa, eso no ocurrió.

Logan parecía encantado en los brazos de su padre. De hecho, empezó a tirar de su nariz, riendo.

–Tengo que cambiarle el pañal –dijo Emma, sin disimular su rabia.

–¿No puedes esperar un momento?

–No.

No podía disimular sus celos. No podía soportar que Logan quisiera a Cal. Ese era un golpe para el que no estaba preparada.

–¿Quieres ver lo que te he traído, Logan? –preguntó él después de que Emma le hubiera cambiado el pañal.

–¡Sí!

En silencio, fueron al salón y Emma dejó al niño sobre el sofá.

–No sé por qué le has traído nada.

Cal la miró y, durante un segundo, sus ojos se encontraron.

«No, por favor», pensó ella, desesperada. No quería sentir nada por aquel hombre. Nada que no fuera odio o desprecio.

–No he tenido tiempo de decírtelo. Como te he encontrado en el suelo...

–Ya, bueno, aún no te he dado las gracias por eso.

–No hace falta.

Emma apartó la mirada para que no pudiera ver en sus ojos las conflictivas emociones que la atenazaban.

–Vamos a ver, grandullón, ¿por qué no miras lo que hay dentro de esta caja?

Con un suspiro de resignación, ella se sentó en el sofá y observó al niño rasgar el papel con sus manitas. Y observó a Cal y a Logan juntos, rezando para no ver ningún parecido.

Pero no tuvo suerte.

Mientras Cal le explicaba lo que era un camión de bomberos, Emma se percató de que Logan y él tenían la misma barbilla y la misma nariz. Y los ojos, de un azul muy oscuro.

¿Por que no había visto hasta aquel momento algo tan evidente?

Porque nunca había buscado el parecido. Pero ahora lo veía. Y la aterraba pensar que pudiera perder al niño.

Aunque le resultaba extremadamente difícil verlos jugar, tampoco podía apartar la mirada, viendo una cara de Cal que no había visto hasta aquel momento. Pero había muchas cosas de él que no conocía.

Si pudiera odiarlo las cosas serían mucho más fáciles. Y lo odiaba, pensó.

«Mentirosa». No lo odiaba y ese era el problema. A pesar del miedo que tenía de perder a Logan, seguía importándole, seguía deseando que la tocara, que la besara, que le hiciera el amor.

Debía haber emitido un gemido porque Cal se volvió y, por un momento, se miraron a los ojos. Luego, sin pensar, bajó la mirada hasta la cremallera del pantalón... pero la apartó inmediatamente, avergonzada.

En un momento como aquél, ¿cómo podía pensar en eso?

–Emma, tenemos que hablar –dijo Cal, interrumpiendo sus caóticos pensamientos.

–No tenemos nada que decir.

–Eso no es verdad y tú lo sabes. He visto cómo me mirabas.

Atónita, ella contuvo el aliento.

–Lo siento, no debería haber dicho eso.

–¿Por que no? –preguntó Emma amargamente–. Es la verdad.

Cal apretó los dientes, pero había un brillo de deseo en sus ojos que no era capaz de apagar.

–Logan es un niño estupendo. Y tengo que darte las gracias por eso.

–Todos los niños son buenos.

Él dejó escapar un suspiro.

–No vas a echarme de aquí, Emma.

–Lo sé.

–Me alegro –Cal volvió a prestar atención al niño, que empezaba a mostrarse inquieto, cansado ya del camión de bomberos–. Hay otro regalo –murmuró, tomando la manita de Logan para que buscase en el interior de la caja. El niño sacó un muñeco de goma que se llevó inmediatamente a la boca. Pero enseguida se lo devolvió a su padre, que también se lo llevó a la boca y fingió morderlo.

A pesar de todo, Emma sintió que sus ojos se llenaban de lágrimas al ver cómo reía Logan. Debía reconocer que a Cal se le daban bien los niños.

Pero daba igual. No pensaba entregárselo sin luchar. Y aunque había escondido las uñas por el momento, no significaba que las hubiera escondido para siempre. Obedecería la orden del juez y guardaría la artillería pesada para la batalla por la custodia.

En su opinión, la guerra era inevitable.

Pero un gemido de Logan llamó su atención. El niño gateaba por el sofá para llegar a ella.

–Mamá.

–Estoy aquí, precioso mío –sonrió Emma, sentándolo sobre sus rodillas.

–Gracias por dejarme jugar con él –oyó que decía Cal.

–¿Te vas?

–¿Vas a pedirme que me quede?

–No.

–Ya me lo imaginaba. Pero me gustaría llevarlo al rancho algún día.

–¿Cuándo?

–Mañana.

–No sé...

–Se supone que puedo verlo dos veces a la semana y mañana es sábado.

–Yo... es que tengo otros planes.

Cal arrugó el ceño.

–Cancélalos.

–No puedes darme órdenes –protestó Emma.

–Quiero que tú vengas también –dijo él entonces, con más suavidad–. Por favor.

Era una súplica y cuando lo miró a la cara no pudo negarse.

–Muy bien. De acuerdo.

Emma odiaba admitirlo, pero lo estaba pasando bien. Y lo más importante, Logan estaba disfrutando de lo lindo correteando por todas partes. Por supuesto, le había puesto crema solar por todo el cuerpo, sabiendo que iban a estar al aire libre.

Cuando llegaron al rancho un par de horas antes, Cal los esperaba con una cesta de merienda y una neverita de plástico para llevarlos hasta un prado cerca del riachuelo.

Durante un rato estuvieron persiguiendo a Logan, que lo miraba todo con expresión emocionada, desde el perro de Cal, Charlie, a los patos, las mariposas...

Por fin, agotado, se quedó dormido. Eso era bueno para Logan, pero no para ella. Porque de ese modo se quedaba a solas con Cal.

Y estaban demasiado cerca.

–¿Lo estás pasando bien?

–Sí –admitió Emma, con desgana.

–Me alegro –sonrió Cal.

Esa sonrisa fue su perdición. Los ojos de Emma se llenaron de lágrimas y giró la cabeza para disimular, pero él se había dado cuenta.

–Oye, no hagas eso.

–No quiero hacerlo. Es que… –Emma cerró la boca para no empezar otra discusión. Además, no serviría de nada. La presencia de Cal era una píldora amarga que tendría que tragar quisiera o no.

–Me estás rompiendo el corazón.

–Por favor, déjalo.

–No puedes negar lo que hay entre nosotros.

–Sí puedo –murmuró ella, con los labios apretados.

Antes de que Cal pudiera contestar, Art, el capataz apareció de repente.

–Hola.

Sorprendidos, los dos se volvieron a la vez. Logan se había despertado y alargó los bracitos hacia Emma, llorando.

–Mamá…

–Estoy aquí, cariño.

–Pato –dijo el niño, señalando el riachuelo.

–¿Qué pasa, Art? –preguntó Cal.

–He ensillado al semental por si quieres trabajar con él más tarde. Ya sabes que tiene que acostumbrarse a la silla.

–Gracias. Puede que lo haga.

Emma arrugó el ceño al mirar hacia el corral.

–Tiene pinta de salvaje.

Cal sonrió.

–No, a veces el exterior engaña. Además, no te preocupes, no voy a hacer nada mientras Logan y tú estéis aquí. A menos que quieras verlo.

–No, me da igual.

–Yo puedo encargarme del niño, señorita Jenkins. Le daremos de comer a los patos –Art se aclaró la garganta–. Si no le importa, claro.

–No sé si el niño se iría con usted –dijo Emma.

–Vamos, pequeñajo –sonrió el capataz–. ¿Quieres darle de comer a los patitos?

–Patos –repitió el niño.

Emma observó, asombrada, cómo su hijo le daba la mano al capataz como si lo conociera de toda la vida.

–Tenga cuidado, por favor.

–No te preocupes. Art no dejaría que le pasara nada –sonrió Cal.

Ella sacudió la cabeza.

–Me sorprende que, de repente, Logan sea tan simpático con los extraños.

–Ya, bueno. ¿Vamos? –preguntó él, ofreciéndole su mano.

Emma la aceptó, pero enseguida se dio cuenta de que era un error. Porque el brillo de sus ojos la seducía sin remedio…

No podía seguir así. ¿Qué clase de mujer era ella? ¿Cómo podía excitarla un hombre que quería quitarle a su hijo?

–Estoy lista –contestó, soltando su mano.

Unos minutos después, Emma y Cal estaban frente a la cerca del corral.

–¿Tú qué crees?

–Es precioso, desde luego. Pero da miedo.

–No, es inofensivo. ¿Quieres verme dar una vuelta por el corral?

–Para hacerte el machote, ¿no?

Cal soltó una carcajada.

–Claro.

–Bueno, pues venga.

Aunque no le gustaba mucho la idea de que montara un caballo salvaje.

–No pasa nada. Sé lo que hago.

Unos minutos después, Emma lo observaba con el corazón en la garganta. Había dicho que era inofensivo, pero no era verdad. Cal tenía problemas para controlar al animal. El semental hacía lo que podía por tirarlo de la silla, pero él permanecía obstinadamente subido a ella.

Pero cuando Cal la miró, ocurrió el desastre. El caballo lanzó una patada impresionante y él salió despedido por el aire antes de caer al suelo con un ruido sordo.

Al principio, Emma se quedó paralizada de miedo y luego, sin pensar, se metió en el corral para ayudarlo. El semental estaba al otro lado, aparentemente contento después de haber hecho su trabajo.

–¡Cal, Cal! –gritó, agarrándolo por los hombros–. Háblame, por Dios, di algo.

Él abrió los ojos y le echó los brazos al cuello, apretándola contra su pecho, buscando sus labios en un beso húmedo y hambriento.

Emma dejó escapar un gemido y se dejó besar durante unos segundos, quizá por el miedo que había pasado. Pero luego se levantó de un salto.

–¿Cómo has podido? –gritó, furiosa–. ¿Cómo has podido?

Capítulo Quince

Dos días después del incidente en el corral, Cal salía de casa cuando sonó su móvil. Al ver quién llamaba, levantó los ojos al cielo. No le apetecía nada hablar con Wally en aquel momento. Pero tenía que hacerlo.

–Wally, ¿qué pasa?

–¿Cuándo vienes, Cal? –su futuro jefe iba directamente al grano.

«Nunca», le habría gustado contestar, pero, por supuesto, no lo hizo.

–No estoy seguro. Ahora mismo tengo algo entre manos que no puedo dejar.

–Pero vas a venir, ¿no?

Cal creyó detectar un cierto tono de miedo en la voz de Wally Tudor.

–Sí, pero no tan pronto como había esperado.

–Te necesitamos. De hecho, te necesitábamos aquí ayer.

–Mira, tienes mi palabra de que iré en cuanto pueda, pero tengo que solucionar una cosa antes de irme del país. Si quieres buscar un sustituto…

–No, no. Quiero que seas tú.

–Pero tienes a alguien que podría reemplazarme, ¿verdad?

–Claro que sí, pero la empresa te ha contratado a ti. ¿Tengo que decir algo más?

–No, y te lo agradezco. Mira, te llamaré dentro de dos semanas. A lo mejor para entonces ya he solucionado este asunto.

–Estaré esperando esa llamada.

Después, su nuevo jefe, el propietario de una empresa de seguridad en Venezuela, colgó. Cal se quedó escuchando el tono durante unos segundos antes de guardar el móvil en el bolsillo.

No le gustaba echarse atrás después de haber dado su palabra, aunque aún no había firmado el contrato. No era que no quisiera ir. Estaba deseando empezar su trabajo como jefe de seguridad de una empresa petrolera. Después de lo que había pasado en Colombia, aquel sería un trabajo facilísimo.

Con el dinero que había ahorrado y los dos años que pensaba trabajar en Venezuela su futuro estaría solucionado, aunque no tenía planes de retirarse tan joven.

Entonces, ¿por qué dudaba?

Cal abrió la nevera y sacó una cerveza. Acababa de segar la hierba y estaba agotado. Pero no podía parar. Sabía por qué, además. Y también sabía por qué estaba empezando a pensarse lo del trabajo en Venezuela.

Emma. Y Logan.

Menudo lío había resultado ser todo aquello.

Cuando volvió a Tyler y descubrió que tenía un hijo del que no sabía nada se quedó helado. Pero estaba haciendo lo que debía y se sentía orgulloso de sí mismo. Su vida había dado un giro de ciento ochenta grados, algo que jamás habría imaginado.

Ahora era padre. Ya no estaba solo en el mundo, ahora tenía otra persona de la que preocuparse. Tenía un hijo en el que pensar. Aunque quería hacer lo mejor para el niño, también quería hacer lo mejor para él. Y haciendo eso, Logan también tendría su futuro asegurado.

Eso sonaba muy fácil, pero no lo era. Dar los pasos necesarios para conseguir la custodia de Logan habría sido maravilloso si Emma no estuviera de por medio.

Ella era la mosca en la sopa. Le gustaba mucho y no quería hacerle daño, pero... Logan era su hijo. Sin embargo, saber que ella estaba sufriendo le rompía el corazón.

En unas semanas, Emma se había metido en su vida y en su alma. Y eso podría ser su perdición. Le hacía sentir culpable, una emoción que le horrorizaba.

Si tomaba una decisión y era la equivocada, pagaba las consecuencias y seguía adelante. Pero ahora no sabía quién era o lo que quería de verdad.

«Mentiroso», se dijo a sí mismo. Quería a Emma, pensó, recordando cuando ella corrió a su lado para ver si estaba herido.

El sabor de sus labios había hecho que se derritiera por dentro.

En ese momento había sentido algo que no había sentido nunca. Y no tenía nada que ver con el sexo, aunque tuvo que hacer un esfuerzo sobrehumano para no tomarla allí mismo. Era algo... especial. Le importaba aquella chica, le importaba de verdad.

Él estaba acostumbrado a preocuparse solo por sí mismo. Nunca bajaba la guardia y nunca había dejado que nadie lo conociera de verdad o se metiera en su corazón, ni siquiera Connie.

Por alguna razón desconocida, Emma había conseguido hacerlo y no era solo porque fuera tan buena madre para su hijo.

¿Amor? ¿Sería eso?

No, se dijo. El amor no tenía nada que ver. Pero le había hecho algo, lo había hechizado. Y como resultado, ya no sabía qué hacer.

Ah, pensó entonces. Podía casarse con ella. Esa sería una manera de resolver el problema de la custodia de Logan. Pero eso no iba a ocurrir. Había pasado por eso una vez y no pensaba repetir la experiencia.

Su matrimonio con Connie había sido el momento más triste de su vida. Pero de esa pesadilla había aprendido que lo de casarse no era para él... y menos con alguien de la familia Jenkins.

Que Dios no lo permitiera.

Aunque Emma no se parecía nada a su hermana, eran hermanas. Además, era ridículo pensar que ella quisiera casarse con él después de cómo la había engañado. Emma era feliz con su vida y, aparentemente, tampoco le interesaba nada el matrimonio.

Además, lo detestaba. Aunque intuía que lo deseaba tanto como la deseaba él.

Pero no iba a pasar nada.

Aunque Connie quería mucho a su padre, su aprobación o desaprobación le daba exactamente lo mismo. Emma no era así. Para ella era importante que su padre aprobara sus decisiones. Y que Patrick Jenkins lo aceptara en la familia era totalmente imposible. Su exsuegro lo había odiado desde el principio y haría lo que fuera para alejarlo de su hija.

El sentimiento era mutuo, claro. No le molestaría nada no volver a ver a Patrick Jenkins en toda su vida.

Y luego estaba Emma. Si no la hubiera besado, si no hubiera acariciado sus pechos, si no hubiera sentido sus pezones bajo la tela de la camiseta...

Esos placeres robados solo habían conseguido aumentar aún más su apetito. Cada vez que Emma movía el trasero se ponía malo. La erótica imagen de ellos dos desnudos, él encima chupándole los pezones mientras la penetraba con su rígido miembro...

¡No!

No podía seguir haciendo eso. Su cuerpo no soportaría tanta presión. Incluso ahora, solo con pensarlo, su cuerpo se cubría de sudor.

Emma representaba el tipo de mujer que Cal siempre había deseado pero que nunca podría tener. Para una mujer así, él era un renegado.

Social y económicamente podía estar a su altura, pero no podía compararse con su padre en cuanto a prestigio. Ni en cuanto a poder.

El abuelo de Logan tenía dinero y poder suficientes como para comprar jueces o hacer lo que hiciera falta para salirse con la suya.

Cal respiró profundamente mientras miraba el reloj. Debía estar en casa de Emma en unos minutos para visitar a Logan.

Y estaba deseando hacerlo. Y Emma... también estaba deseando verla a ella. El único problema era que Emma no sentía lo mismo.

Suspirando, Cal se dirigió hacia la puerta.

–¿Qué debería ponerse mamá?

Logan estaba en el parque, mirándola con una sonrisa en los labios.

–Mami.

–Sí, bueno, ya sé que a ti no te importa lo que me ponga. Y a mí tampoco debería importarme, la verdad.

Había salido de la ducha y, después de pintarse un poco, Emma estaba intentando decidir qué ponerse para la visita de Cal. Después de mucho darle vueltas, había elegido unos pantalones pirata de color amarillo, un cinturón marrón y una blusa blanca sin mangas.

Después de todo, seguía queriendo impresionarlo. Y aunque odiaba esa debilidad, había dejado de regañarse a sí misma.

Pero llegaría el momento de las hostilidades y,

a partir de entonces, empezaría la pelea, se recordó a sí misma.

En las últimas dos semanas, mientras Cal llevaba a Logan a pescar y a nadar, Emma había descubierto que era un hombre muy obstinado. Iba a pasar tiempo con su hijo, quisiera ella o no.

Y, sin embargo, cada vez que la miraba a los ojos... no podía evitar sentirse atraída por él.

Si el asunto de la custodia no empezaba pronto, temía perder la cabeza.

Emma se volvió hacia Logan en ese momento y descubrió que se había quedado dormido. Sonriendo, lo tomó en brazos para llevarlo a su cuna.

El niño dejó escapar un gemido cuando lo soltó, pero Emma le frotó la espaldita intentando contener las lágrimas. De repente, su corazón estaba tan lleno de amor por aquel niño que se quedó inmovilizada.

No podía perderlo.

Acababa de entrar en el salón cuando sonó el timbre. Pero no podía ser Cal. Faltaba una hora... Sorprendida, fue a abrir la puerta.

–Sé que llego temprano.

–Pues sí –contestó ella, tragando saliva. Como siempre, iba vestido con camiseta y vaqueros que no dejaban nada a la imaginación. Y por su forma de mirarla, también él estaba imaginando lo que había debajo de su ropa.

–Emma –murmuró Cal, cerrando la puerta.

–Cal.

–¿Qué?

–Yo...

Sin decir nada, él la tomó por los brazos y la colocó contra la pared para buscar sus labios.

Emma dejó de pensar. Solo podía abrazarse a él, saborearlo, sentir el calor de su cuerpo, los fuertes músculos de su espalda...

–Qué dulce...

Cal levantó su blusa con manos temblorosas y empezó a desabrochar el sujetador. Una vez que sus pechos estuvieron libres, inclinó la cabeza para chupar uno de sus pezones...

–Oh –susurró ella, rodeando su cuello con los brazos. En aquel momento no le importaba nada, perdida completamente en lo que le estaba haciendo. Lo único que le importaba era apagar el incendio que sentía entre las piernas.

–Nena... –musitó Cal, buscando el otro pecho.

Al principio Emma no sabía qué era lo que había penetrado la niebla en su cerebro, pero pronto se dio cuenta de que era el teléfono.

–Deja que suene.

Ella se sentía tentada. Como nunca. Y lo habría hecho si el gemido de Logan no hubiera coincidido con el molesto soniquete.

Apartándolo, Emma corrió hacia el teléfono. Después de decir un tembloroso «Dígame», escuchó un segundo y lanzó un grito.

–¿Qué pasa?

–Está sonando la alarma en el vivero.

–Ve a buscar a Logan y vamos a ver qué pasa –dijo Cal.

Capítulo Dieciséis

Emma no podía creérselo.

Pero por fin pudo encontrar su voz.

–Sigo sin creer que haya pasado.

–Yo tampoco –respondió Cal–. Algún gamberro, seguro.

Emma levantó los brazos.

–¿Pero por qué? ¿Por qué entrar en el vivero con el solo propósito de destrozarlo todo?

Cal se encogió de hombros.

–No tengo ni idea. Solo sé que me gustaría ponerles la mano encima… Pero te garantizo que esto no volverá a pasar.

Ahora, un par de horas después, de vuelta en casa de Emma, ella estaba metiendo a Logan en la cama. Cuando volvió al salón encontró a Cal en su sitio favorito: apoyado en la pared de la chimenea.

–No te preocupes, todo se va a arreglar. Yo te ayudaré y quedará como siempre.

Las cosas nunca volverían a ser «como siempre» en su vida, pensaba ella. Cuando llegaron al vivero se había quedado horrorizada. Plantas y maceteros rotos, flores arrancadas por todas partes… parecía una zona de guerra.

–¡Maldita sea! –exclamó Cal, furioso.

Emma no había llamado a su padre, aunque lo había pensado. Cal estaba con ella y no quería complicaciones... ni tener que dar explicaciones tampoco. Porque las horas de visita se habían fijado durante el día. ¿Cómo iba a explicarle a su padre la presencia de Cal?

La policía había redactado un atestado y, poco después, Logan empezó a llorar, de modo que volvieron a casa.

Ahora, Emma se sentía agotada. Perder plantas y flores en el vivero no era nada comparado con perder a su hijo.

Las cosas podían reemplazarse, a Logan no podría reemplazarlo jamás.

–Sé que esto ha sido un golpe para ti, pero se puede arreglar –dijo Cal al verla tan nerviosa.

–Lo sé.

Como si se diera cuenta de su angustia, él la estrechó entre sus brazos.

–Solo quiero abrazarte –murmuró, al notar que se ponía tensa. Lo había dicho con una voz tan tierna que Emma no pudo controlarse más y se echó a llorar. Mientras lloraba, Cal le pasaba una mano por la espalda...

Más tarde, no sabía si había sido esa caricia o sentir los latidos de su corazón bajo la cara, pero el abrazo se volvió más apasionado.

Daba igual. Nada importaba salvo que estaba donde quería estar, haciendo lo que deseaba hacer. Emma le echó los brazos al cuello mientras él la besaba en los labios con una pasión cegadora.

Murmurando algo incoherente, Cal la tomó en brazos, la llevó al dormitorio y la dejó sobre la cama. En silencio, se quitó la ropa y la desnudó a ella.

De pie frente a la cama, la miró de arriba abajo mientras el corazón de Emma latía como si quisiera salirse de su pecho. Luego él, apoyando una mano a cada lado de su cuerpo, inclinó la cabeza y empezó a lamer sus pezones, primero uno, luego otro.

–Oh –musitó Emma, sintiendo como si hubiera recibido una descarga eléctrica, especialmente cuando empezó a chupar los rosados capullos hasta que se hincharon.

–Sabes tan bien... –murmuró Cal, lamiéndole el abdomen y deslizando la lengua por su ombligo.

Emma arañó su espalda cuando empezó a lamer el interior de sus muslos.

Jadeando, enterró los dedos en su pelo cuando él introdujo un dedo y luego otro en su húmeda cueva.

–Oh, Cal –musitó. Ningún hombre había entrado en el, hasta entonces, territorio prohibido. Pero no sentía ningún deseo de detenerlo. Al contrario, quería más, quería saber lo que era tener allí sus labios y su lengua. Allí, en su parte más íntima.

–Eres preciosa –dijo Cal, antes de hacer su sueño realidad. Emma levantó las caderas, pero él no se detuvo. Su lengua seguía clavándose en su sitio más vulnerable hasta que la habitación se llenó de gemidos.

Cuando Emma pensó que no podría aguantar más, él levantó la cabeza y volvió a besarla en los labios.

–Cómo te deseo –su voz era casi irreconocible.

–Y yo a ti –dijo ella, abriendo las piernas.

Sin dejar de mirarla, Cal se colocó encima y, con una sola embestida, se enterró en ella hasta el fondo.

–Oh, Cal... –jadeó Emma, enredando las piernas en su cintura.

–Sí, oh, sí...

Emma gritó, dejándose llevar por el placer que la consumía. Poco después, cuando las embestidas se hicieron más profundas, más largas, más fuertes, los dos gritaron al unísono.

Unos segundos después, Cal caía sobre ella, exhausto.

¿Se atrevería a tocarlo?

Tenía un cuerpo perfecto. Absolutamente perfecto. Esa era la única forma de describirlo. Aunque había pensado muchas veces que era un espécimen perfecto de hombre, no lo había descubierto hasta aquel momento.

Afortunadamente, estaba dormido, de modo que pudo admirarlo a placer. Tenía el torso cubierto de vello suave, los hombros anchos, el estómago absolutamente plano. Pero era su pene, rodeado de vello, lo que más le llamaba la atención.

La tentación de tocarlo era enorme.

De repente, el miembro se puso rígido y Emma levantó la cabeza. Cal estaba mirándola, con una sonrisa en los labios.

–Yo…

–¿Te gusta lo que ves?

–Sí.

–¿Te gustaría tocarme?

Emma se quedó sin aliento. Claro que le gustaría. Y más. Le gustaría probarlo.

–No pasa nada –dijo Cal entonces–. Puedes hacer lo que quieras conmigo.

–Yo no…

–Haz lo que quieras.

Y Emma se atrevió. Alargó la mano para envolver el miembro rígido y luego acarició la cabeza aterciopelada con la punta de la lengua.

–Oh, Emma –jadeó él, levantando las caderas. ¿Le habría hecho daño?

–Por favor, no pares. No pares.

De nuevo, Emma lo tomó en su boca, chupando y lamiendo hasta que él murmuró con tono torturado:

–Para, por favor…

Cal tiró de ella para colocarla encima. Después de enterrarse en esa carne túrgida, Emma empezó a montarlo, sintiendo ola tras ola de placer hasta que cayó sobre él, agotada.

Cal la colocó a su lado, con un brazo sobre su

cintura, y Emma cerró los ojos. Y se quedó dormida enseguida.

Tonta.

Lo había hecho. Había hecho lo que había jurado no hacer nunca. No solo había hecho el amor con él, sino que había dejado que Cal rompiera la barrera que había levantado alrededor de su corazón.

Ahora, a la luz del día, sola y petrificada por lo que había pasado la noche anterior, estaba haciendo las tareas como si fuera un robot, de forma automática.

Luego habló con su padre, a quien no le hizo ninguna gracia haberse enterado por la mañana del incidente en el vivero. Afortunadamente, no sabía nada de la presencia de Cal. Y ella no pensaba contárselo.

Normalmente era en su padre en quien se apoyaba cuando tenía algún problema, pero aquella vez no. Si sospechara que tenía relaciones con Cal… no quería ni imaginar su reacción.

Uno de los defectos de su padre era el rencor. Si alguien se cruzaba en su camino no lo perdonaba nunca. Solo Connie era la excepción. Connie no podía hacer nada mal. Aunque Emma sabía que su padre la quería, ella sí podía hacer las cosas mal para él. Y lo había demostrado acostándose con el enemigo.

Al menos, así era como lo vería su padre.

Y era verdad, se había acostado con el enemigo.

Emma enterró la cara entre las manos, angustiada. ¿Que iba a pasar?, se preguntó. ¿Usaría Cal eso en su contra para quitarle al niño?

–¡No, por favor! –gritó. Eso no podía pasar. A Cal le importaba. Pero, ¿cuánto?

Si la había traicionado una vez, podía traicionarla de nuevo.

Aunque debía admitir que había disfrutado de cada minuto y solo recordarlo volvía a excitarla de nuevo. Seguía deseando a Cal como lo había deseado por la noche y eso la hacía pensar que estaba endemoniada.

Por las consecuencias.

A menudo los jueces fruncían el ceño al ser informados de comportamientos tan irresponsables. Se había acostado con Cal... ¿podría usarlo contra ella? ¿Y la humillación si se hacía público lo que había pasado? No quería ni pensarlo.

¿Y la reacción de su padre?

No podía creer que hubiera sido tan estúpida como para arriesgarse a perder a Logan por una noche de pasión. Estaba tan angustiada que necesitaba ayuda, alguien que la consolara, que la aconsejara.

Quince minutos después estaba en el bufete del abogado de su padre, con el corazón latiendo a mil por hora.

–¿Qué te trae por aquí, querida? –preguntó Russ Hinson.

–Gracias por atenderme, Russ.

–De nada. Además, de no hacerlo habría tenido que enfrentarme con la ira de tu padre.

–No le has dicho que venía, ¿verdad?

–No, no, pero... ¿qué ocurre, por qué no puedo contárselo?

Aunque no podía mirarlo a los ojos, Emma consiguió contarle lo que había pasado. Cuando terminó, el abogado se quedó en silencio.

–He metido la pata, ¿verdad?

–No porque te hayas acostado con él.

–Pero pensé...

–Cal Webster es tan culpable como tú, Emma. Si hay algún culpable en este caso. Pero podrías perder a Logan.

–Yo... no entiendo.

–Si lo piensas un momento, lo entenderás. ¿Logan siente cariño por Cal?

–Sí, la verdad es que el niño está encariñado con él.

–Por eso podrías perder a tu hijo, no por haberte acostado con el padre.

Emma se quedó paralizada, sintiendo que el suelo se abría bajo sus pies.

Capítulo Diecisiete

–Elizabeth, no sé cómo darte las gracias.

La amiga de Emma dejó escapar un suspiro.

–No me des las gracias aún. Puede que no encuentre lo que necesitas.

–Seguro que sí.

–¿Patrick sabe algo de esto?

–Sí, claro. Hablé con él antes de venir. Además, en lo que se refiere a los ordenadores, no hay nadie mejor que tú y mi padre lo sabe.

–Muy bien. Haré lo que pueda.

–Eliz…

–Lo sé, lo sé. A toda velocidad.

–Más que eso –sonrió Emma–. Es muy urgente.

Esa conversación había tenido lugar después de hacer el amor con Cal. Después de pasar un día de perros, Emma había decidido tomar medidas drásticas. Quería que su amiga, una experta en informática, encontrase algo sobre Cal Webster. Algo que pudieran usar en su contra.

Se sentía culpable, desde luego. Sabía que era una maniobra sucia, pero quería estar preparada. Por si acaso.

Buscar pruebas contra Cal después de haber hecho el amor con él le resultaba algo sucio, indigno de ella, pero... ¿no decían que solo una fina línea separaba el amor y el odio?

¿Amor? ¿De dónde había salido eso? Ella no estaba enamorada de Cal. Imposible. No podía ser.

Emma se llevó una mano al corazón. No podía ser.

¿O sí?

Una hora después, su amiga Elizabeth llamaba por teléfono.

–Dime. ¿Has encontrado algo?

–Sí.

–Soy toda oídos.

Unos minutos más tarde, Emma colgaba el teléfono. Si su amiga tenía razón, habían encontrado algo con lo que podrían evitar que Cal Webster consiguiera la custodia de Logan.

Entonces, ¿por qué no estaba bailando de alegría?

Al contrario, sentía un amargo sabor en la boca...

En ese momento sonó el timbre y Emma fue a abrir la puerta, pensativa. No esperaba que fuese Cal.

–Hola. No podía esperar.

Oh, no. No, no, no.

–Sé que no debería haber venido.

–No... no deberías.

–¿Estás diciendo que no puedo entrar?

–No... sí. No lo sé.

–Solo quiero que hablemos.

–¿Estás seguro?

–Sí.

–¿Ha ocurrido algo? ¿Qué te pasa?

Emma tuvo que morderse los labios para no ponerse a llorar allí mismo. Pero tenía que hablar con él, tenía que detener aquella sucia pelea...

–Cal, ¿qué tengo que hacer para que renuncies a la custodia de Logan?

–Ah, ya veo, se trata del niño.

–Claro que se trata del niño. Siempre se ha tratado del niño.

Él la miro, muy serio.

–No voy a renunciar a mi hijo.

–¿Cómo puedes hacerme esto?

–¿Hacerte qué? Logan es mi hijo, Emma. Quieras aceptarlo o no, es así. Yo no estoy haciendo nada. Logan es hijo mío y quiero ser su padre.

–Pero quieres quitármelo...

–No quiero quitártelo –Logan se pasó una mano por el pelo–. Creo que he encontrado la solución.

–¿Cuál? –preguntó Emma, ansiosa.

–Cásate conmigo.

–¿Qué?

–Cásate conmigo. Así los dos tendríamos a Logan.

–Pero no podría funcionar. Tú no me quieres y yo no te quiero.

–Eso no tiene nada que ver. Sería por el bien de Logan.

–¿Cómo te atreves a decir eso? Eres mi cuñado –exclamó Emma–. Sería... casi un incesto.

–Tu excuñado. Y esto no tiene nada que ver con el incesto –replicó él.

–Mira, déjalo. No quiero que nos peleemos.

–¿Quién se está peleando? Solo estamos hablando civilizadamente.

–En ese caso, te pido que renuncies a la custodia de Logan. Estoy segura de que eso sería lo mejor para el niño –dijo ella.

–Yo también le quiero, Emma, no lo olvides.

–Eso no es verdad.

–¿No?

–Acabas de conocerlo...

–¡Porque nadie me habló de su existencia hasta hace poco!

–Tú no sabrías cuidar de él y quieres llevártelo a otro país. Tienes que trabajar, de modo que el niño se quedaría al cuidado de una niñera... además, tu pasado y tu presente podrían poner a mi hijo en peligro.

–¿Qué quieres decir?

Emma apartó la mirada.

–Te he investigado...

–¿Qué?

–Y he descubierto algo muy interesante.

Cal la miró, perplejo.

–¿Qué has descubierto?

–Te han visto en compañía de una mujer que no solo es prostituta, sino traficante de drogas.

Lo había dicho. Se había quitado del pecho lo que Elizabeth le había contado y se sentía aliviada.

–Ese es un golpe bajo y tú lo sabes.

–Haré lo que tenga que hacer para conservar a mi hijo –contestó Emma.

–No deberías haber hecho eso.

–No me has dejado otra opción.

–Sí tenías opciones, Emma. Pero has elegido la más equivocada.

–Pero es la verdad. Te vieron con esa mujer…

–No tienes ni idea de lo que estás diciendo.

–¿Ah, no?

–No, estaba trabajando. Sabes que he trabajado para el gobierno, ¿no? Pues esa mujer era uno de mis contactos –suspiró Cal–. Será muy fácil demostrarlo ante un juez. Pero da igual. Me has investigado para encontrar algo con lo que ensuciar mi nombre y ésa es la gota que colma el vaso.

Emma abrió mucho los ojos, asustada.

–No sé de qué hablas.

–Sí, claro que lo sabes. No solo voy a llevarte a los tribunales, voy a hacer todo lo que pueda para conseguir la custodia exclusiva de mi hijo… y voy a intentar evitar que tengas derechos de visita.

Ella se llevó una mano al corazón.

–No puedes hacerme eso…

–Claro que puedo. Y ahora entenderás lo que yo he sentido –la interrumpió Cal–. Nos vemos en los tribunales, señorita Jenkins.

Capítulo Dieciocho

Emma estaba inconsolable.

Había llorado hasta que no podía más. Le dolía todo el cuerpo, el alma incluso.

Quizá debería morirse, se dijo a sí misma. Había gente que moría de pena y eso sería más fácil que vivir el infierno que estaba viviendo.

Había perdido a Logan.

De nuevo, el juez Rivers había dictaminado que Cal Webster tenía derecho a la custodia del niño.

–He estudiado cuidadosamente el caso y he llegado a esta conclusión, aunque debo decir que, como en todos los casos en los que hay un niño involucrado, no me ha resultado nada fácil. Aunque sé que la señorita Jenkins ha sido una buena madre, debo...

–¡No! –había gritado Emma–. ¡No puede quitarme a mi hijo!

Después de eso no recordaba mucho más, excepto al juez golpeando con la maza para restaurar el orden en la sala.

Quizá no lo recordaba porque su mente lo había borrado para poder sobrevivir, porque era demasiado doloroso. Su padre la había llevado a casa, donde la pesadilla continuó. Allí se había encontrado de frente con la realidad cuando Cal fue a buscar al niño.

Ese momento sí lo recordaba. Perfectamente, además.

Había sido el peor día de su vida y jamás podría olvidarlo. Y jamás perdonaría a Cal por haberle quitado a Logan de los brazos mientras el niño lloraba desesperadamente.

–Volverás a verlo, te lo prometo –le había asegurado él.

–Canalla –lo había insultado su padre–. La única razón por la que sigues en pie es porque tienes en brazos a mi nieto. Si no, te…

–Papá, no, por favor.

–Hablaremos más tarde, Emma.

¿Por qué, por qué, por qué? ¿Cómo había podido Cal quitarle a su hijo?

–Esto no ha terminado, cariño –le había dicho su padre–. Recuperaremos a Logan, te lo aseguro. Haré lo que tenga que hacer.

¿Cuándo? ¿Cómo?

Estaba tan desesperada que no quería comer, no quería hacer nada.

Era como si Logan hubiera muerto. Como si ella misma hubiera muerto.

Otro pedazo de su corazón se rompió mientras se inclinaba sobre el lavabo, sollozando. Su niño…

Y Cal. También había perdido a Cal.

Por mucho que lo odiase por robarle a su niño, pensar que nunca volvería a estar con él era sencillamente insoportable.

***

Cal no podía dejar de pensar en Emma. Se sentía tan culpable al recordar sus lágrimas, su cara de desesperación...

Era como un cuchillo clavado en su alma. Haber tenido que hacerle eso a ella precisamente...

Y tampoco podía olvidar la desesperación de su hijo. Había tardado horas en tranquilizarlo; Logan no paraba de llorar, llamando a su madre una y otra vez. Y él hacía lo que podía, que era más bien poco. Afortunadamente, ahora estaba dormido en su cuna.

¿Qué iba a hacer? ¿Podría abandonar a su hijo, devolvérselo a Emma? No soportaba verlos sufrir y todo aquello era una pesadilla...

Entonces oyó que Logan volvía a llorar y corrió a su habitación.

Al verlo, su hijo lloró con más fuerza, pero se calló cuando lo tomó en brazos

–¿Qué pasa, pequeñajo? ¿Has tenido una pesadilla?

El niño apoyó la cabeza en su hombro y Cal se dio cuenta de que pasaba algo raro. Estaba ardiendo. Tenía fiebre. Genial. ¿Y ahora qué?

Antes de que pudiera contestar a esa pregunta, Logan se puso a vomitar.

Tenía que llevarlo al hospital, pensó, angustiado.

–¡Señor Wiggly! –sollozaba el niño.

–¿Qué quieres, cariño?

–¡Señor Wiggly! –repitió Logan, con lágrimas en los ojos.

Cal tardó un rato en adivinar que el señor Wiggly era su osito de peluche.

¿Dónde estaba? Buscó por todas partes, pero no lo encontraba en ningún sitio.

Para entonces, los lloros del niño se habían convertido en alaridos.

–¡Al demonio con todo! –exclamo Cal.

Cuando llegó a casa de Emma pensó que no había nadie. Las luces estaban apagadas y todo estaba en silencio.

–¿Emma?

La puerta se abrió de inmediato y al ver aquel rostro lloroso sintió algo... algo que no había sentido nunca. Daría su vida por borrar las lágrimas de sus ojos. Daría lo que fuera, todo lo que tenía, incluso a su hijo para no ver llorar a Emma Jenkins.

Y eso le dijo todo lo que tenía que saber.

–Emma...

–Mamá, mamá...

–Logan, cariño mío... ¿Qué ha pasado?

–A veces un niño necesita a su madre –contestó Cal.

Ella lo miró, sin entender.

–¿Qué quieres decir?

–Que para ser padre hay que saber más de lo que yo sé. Tú eres su madre y Logan te necesita.

–No te entiendo. Yo…

–Eres su madre, Emma. Logan te necesita y… yo también.

–¿Eso significa…?

–¿Que te quiero? Sí, eso es exactamente lo que significa.

–Pero Cal…

–Quiero casarme contigo y formar una familia –siguió él, tragando saliva.

–Yo también te quiero –murmuró Emma entonces–. No lo sabía o no quería reconocerlo, pero… te quiero.

Cal la abrazó, abrazando al niño a la vez. A su familia.

–Te quiero tanto que no puedo vivir sin ti.

–Ni yo tampoco.

Epílogo

–Mi corazón late solo por ti.

Emma había tenido que acercarse a la boca de Cal para oír lo que decía porque apenas le quedaba voz. Y no era una sorpresa después de aquel maratón de sexo.

–Y el mío por ti.

–¿Qué tal has pasado la noche, señora Webster?

–Ay, cómo me gusta que tomes mi nombre en vano –bromeó ella–. ¿De verdad eres mi marido?

–De verdad. Desde hace un mes, si no recuerdo mal, señora Webster.

–Te quiero, Cal –dijo ella entonces, acariciando su cara.

–Y yo a ti.

Emma apoyó la cabeza sobre su pecho, suspirando. Cal la amaba con todo su corazón y sabía que ella lo amaba de la misma forma... pero también sabía cuánto le dolía que su padre no le dirigiera la palabra. Patrick Jenkins no había querido saber nada de su hija desde que le dijo que iba a casarse con él.

–Estás pensando en tu padre.

–Sí, es verdad. Parece que lees mis pensamientos.

–Sé lo que te duele.

–No niego que me duela, pero ha sido mi padre quien decidió romper su relación conmigo.

–¿Crees que lo lamenta?

–Posiblemente. Pero, ¿quién sabe? No lo sé, yo espero que me perdone algún día, pero quizá no lo hará nunca. Y tú no tienes la culpa, cariño. Mi padre decidió darnos la espalda... y yo no puedo hacer nada.

–Entiendo que Patrick esté enfadado contigo, pero que no quiera saber nada de su nieto...

–Yo tampoco lo entiendo, la verdad. No sé cómo puede ser tan orgulloso –suspiró Emma–. Oye, ¿seguro que no lamentas haber rechazado ese trabajo en Venezuela?

–No lo lamento en absoluto. La empresa de seguridad que dirijo ahora es estupenda.

–Espero que lo digas de verdad. Y no olvides que me ofrecí para ir contigo donde fuera necesario.

–Lo sé, cariño. Pero como ahora te tengo a ti y a Logan, no necesito ir a ninguna parte. Además, tú tienes aquí tu negocio... y, además, la policía ha pillado a los vándalos que te destrozaron el vivero. Todo es perfecto, ¿verdad?

–Sí, es verdad. Además, me encanta ser madre y esposa –sonrió Emma–. Aunque mimas demasiado a Logan.

–¿Yo? Pero si eres tú quien le da todos los caprichos.

Riendo, Emma le dio un largo beso en los labios.

–Por Dios bendito, mujer. ¿Te das cuenta de lo que me haces?

–Ah, veo que estás izando velas –rio ella, moviendo provocativamente las caderas.

Durante mucho tiempo, sus gemidos fueron el único sonido que se oía en la habitación. Y entonces el monitor que tenían sobre la mesilla despertó a la vida.

–Mamá, papá…

Los dos se miraron, maravillados.

–Nuestro hijo nos está llamando, mi amor –dijo Cal.

–Gracias por quererme, Cal Webster.

–No podría ser de otra manera, Emma Webster.

Saltaron de la cama a la vez. Él se puso el pantalón del pijama y ella la camisa. Luego, de la mano, fueron a darle los buenos días a su hijo.

Un riesgo justificado

CHARLENE SANDS

Jackson Wurth, vaquoro y empresario, se despertó en Las Vegas con un problema. Sammie Gold, dueña de una tienda dc botas, era su nueva socia y la única mujer que debería haber estado vedada para él. SIn embargo, la dulce Sammie tenía algo que le impedía quitársela de la cabeza. Trabajar con ella era una tortura, como lo eran también los recuerdos de su noche de pasión en Las Vegas.

Jackson Worth era un hombre muy guapo, pero completamente inalcanzable para ella. Si Sammie quería conseguir su final feliz, tendría que seducir de una vez por todas a aquel soltero empedernido...

Noche de pasión en Las Vegas

¡YA EN TU PUNTO DE VENTA!